UNE BONNE RAISON DE SE TUER

DU MÊME AUTEUR

chez le même éditeur

En l'absence des hommes

Son frère

L'Arrière-Saison

Un garçon d'Italie

Les Jours fragiles

Un instant d'abandon

Se résoudre aux adieux

Un homme accidentel

La Trahison de Thomas Spencer

Retour parmi les hommes

aux Éditions Grasset

L'Enfant d'octobre

PHILIPPE BESSON

UNE BONNE RAISON DE SE TUER

roman

Julliard
24, avenue Marceau
75008 Paris

ISBN 978-2-260-02003-5

« Une bonne raison de se tuer ne manque jamais à personne. »

Cesare PAVESE,
Journal, 23 mars 1938

Laura

Il faut bien un début. Quelque chose qui ouvre l'histoire, quelque chose comme la première image d'un film. Sur cette image, on voit une femme endormie, dans une chambre où le matin arrive. On devine le moment du jour à sa lumière particulière, une blancheur chaude, chargée de soleil, transperçant les stores, triomphant peu à peu de l'obscurité. On s'approche du lit, le corps de la femme étendue est recouvert par un drap jusqu'à la naissance de la poitrine, sa tête est posée sur un oreiller, légèrement de côté. Cette femme, c'est Laura Parker.

Ce matin-là, elle a du mal à s'extirper de son sommeil. Elle sent un voile flotter devant ses yeux, ou plutôt elle a l'impression que de la poussière s'est déposée sur sa cornée, ça lui fait comme une irritation. Et puis, elle a le corps lourd. Tellement difficile de déplacer un membre, de soulever sa carcasse. Elle n'est pas certaine d'être capable d'un tel effort. Sur sa table de chevet, il manque plusieurs comprimés à la tablette de somnifères et cela pourrait suffire à expliquer son apathie. Le papier d'aluminium est déchiré au-dessus de capsules désormais vides. Depuis combien de nuits ne s'est-elle pas endormie normalement, naturellement ? Depuis combien de temps a-t-elle besoin de ces comprimés ? Elle songe qu'il lui est arrivé cela : les pilules qu'elle prenait pour ne plus tomber enceinte ont été remplacées par des somnifères. Et il s'est écoulé un délai finalement très bref entre ces deux nécessités. À peine une poignée d'années.

Un détail : elle se réveille sur le côté gauche du lit, à l'endroit précis où elle s'est endormie la veille. Car, si son sommeil est long à venir, une fois venu il est profond. Même tourmenté, il est profond. Du coup, elle dort dans l'immobilité, presque comme une morte, dos bien plat, bras alignés le long du corps, buste dirigé vers le plafond où tournent nonchalamment les pales d'un ventilateur chromé. Habitude ancienne, dont elle ne s'est pas départie. Le côté droit, donc, est demeuré impeccable. Les draps n'ont pas été froissés.

Peu à peu, elle se dégourdit. Le sang l'irrigue à nouveau. Elle s'extrait de sa paralysie. Ramène ses avant-bras sur son ventre. Sent un léger renflement sous le tissu de sa robe de nuit, l'évasement des hanches, la rondeur des femmes de son âge qui ont résisté longtemps, et finalement cédé. Elle appuie sur la chair, trop épaisse à son goût mais rien n'y fera, bien sûr, rien ne fera disparaître comme par enchantement l'outrage du temps. Elle lisse le tissu du plat des mains, chasse une tristesse fugace.

Désormais, elle a les yeux grands ouverts. Elle observe le tournoiement répétitif des pales, entend le souffle régulier ressemblant à celui d'une scie qui passerait et repasserait, elle se demande si cet accessoire a vraiment une utilité, si l'air n'est pas brassé pour rien, s'il ne s'agit pas d'une habitude supplémentaire à laquelle elle n'a pas su déroger. Dans sa tendre enfance, du côté de San Diego, il y avait des ventilateurs dans toutes les pièces. Mais l'été, là-bas, la chaleur était insoutenable. C'était une moiteur, une chape de plomb qui raccourcissait le souffle, enserrait le poitrail, faisait battre le sang aux tempes, rigoler la sueur sur l'échine. Elle approchait ses joues des pales, y présentait ses aisselles, tout était bon pour ne pas suffoquer. Il fait moins chaud à Los Angeles. L'enfance n'est qu'un souvenir brûlant.

Et puis, c'est novembre, les premiers jours de novembre. Même en Californie, la fraîcheur finit par s'installer.

Laura Parker songe qu'elle n'a jamais vraiment traîné au lit, jamais vraiment connu de matins paresseux. Pas pour elle, probablement, ces instants délicieux et stériles. Il fallait toujours se lever, se composer un visage où n'apparaîtrait nulle trace de fatigue, s'occuper du petit déjeuner des enfants, bien disposer les bols, les céréales, les jus d'orange sur la table, s'affairer pour que la maison prenne vie, accueillir son mari tout juste sorti de sa douche et enfilant déjà une chemise, un costume, avalant en vitesse un café, un toast, avant de filer, parfois sans même penser à l'embrasser. Elle était toujours la première. Désignée pour ces choses-là, les choses matérielles, maternelles, conjugales. Aujourd'hui, plus d'enfants, plus de mari. Pourtant, elle continue de se lever comme si elle avait encore quelque chose à faire, un rôle à jouer, une place à occuper.

Elle est debout. Portant une robe de nuit légère, dans les teints beiges, qui s'arrête à mi-cuisses, elle se tient devant la fenêtre de la chambre, et, d'un mouvement sec, en tirant sur une cordelette, lève le store. D'un coup, une lumière vive entre dans la pièce, vient jeter une flaque sur la moquette, rebondit sur le drap et c'est un tout autre lieu qui se découvre, d'où la promiscuité et la maussaderie auraient été chassées, où régnerait soudain un été imprévu. Il faut quelques secondes à Laura pour accommoder son regard, s'habituer à toute cette clarté. D'ailleurs, elle vacille un peu, comme lorsqu'on est déséquilibré par une vague dans l'océan, une vague qu'on avait imaginée inoffensive et qui s'avère un peu plus forte. C'est la faute à l'automne. Passé Halloween, on croit que c'est terminé, les beaux jours. Mais quelquefois, ça résiste. Ça tient. Ça ne veut pas s'en aller, la douceur. Elle pense : ce sera une belle journée. Elle entend les mots dans sa tête : ce sera une belle journée. Elle ne les prononce pas, les mots. Elle ne parle pas quand elle est seule. Elle n'en est pas là.

Sous ses pieds, la moquette commence à se réchauffer. Elle aime cette sensation. Il lui est arrivé déjà de rester de longues minutes plantée, comme ça, pieds nus, avec la tiédeur qui s'installe dans les plis de la laine. Elle ferme les yeux, penche la tête et se balance imperceptiblement, dans ces cas-là, et c'est un moment onctueux, tranquille, comme elle en a connu, avant. Une fois, son fils cadet, Vincent, l'a surprise tandis qu'elle dansait ainsi, sans presque bouger. Elle ne l'avait pas entendu rentrer. Elle a sursauté quand il l'a interpellée. Elle s'est aussitôt sentie fautive. Comme si elle avait été démasquée dans son intimité. Et lui, bien sûr, il ne s'est rendu compte de rien. Il ne faisait que passer, en coup de vent. Depuis, elle se tient sur ses gardes. Ce matin, toutefois, aucune chance qu'on la confonde. Elle est dans une solitude parfaite.

Elle regarde par la fenêtre. Elle sait le feuillage immobile des arbres, le ciel dans les intervalles, le ciel dans sa largeur si elle lève les yeux, le gris du trottoir si elle les baisse, le rouge sur le rebord du trottoir pour empêcher le stationnement des voitures. Elle sait les habitations d'en face, les petits jardins sur le devant, les boîtes aux lettres. C'est un décor si familier, même si elle a emménagé dans cet appartement il y a seulement deux ans. Déjà deux ans.

Elle vit dans un petit immeuble sur trois niveaux. Son deux-pièces salle de bains est situé au dernier étage, ce qui lui donne une impression de hauteur dans cette ville horizontale, où la plupart des gens habitent des maisons de plain-pied. Une impression de pauvreté aussi, puisque les autres, dans leur majorité, sont propriétaires. Elle a habité une maison, jadis, et dans les beaux quartiers qui plus est. Mais c'est fini, ce temps-là. Depuis deux ans. Déjà deux ans. Elle est sortie de la photo, expulsée du rêve américain.

Elle ouvre la fenêtre et savoure le calme. Car Los Angeles, contrairement à ce que raconte la légende, est une cité éminemment calme. Bien sûr, le long des boulevards qui courent du désert à l'océan, au rythme de palmiers gigantesques, la voiture est reine, le bruit de la circulation fabrique un vacarme ininterrompu, la furie automobile ressemble à un afflux de sang dans les artères. Mais, dans les avenues perpendiculaires, comme celle où elle vit (fort mal nommées, du reste, car elles s'apparentent bien davantage à de petites rues), personne ne vient, sinon ceux qui rentrent chez eux, à la tombée du jour, ou en repartent le matin pour se rendre au travail : c'est la tranquillité qui domine. On est à l'écart de l'urgence. La civilisation n'est qu'un murmure, un souffle lointain.

C'est cependant presque par hasard qu'elle a atterri sur Sweetzer Avenue. Elle connaissait mal cette partie de la ville, West Hollywood n'était pour elle qu'un nom, ou une marque, et surtout, à l'instar de beaucoup d'Angelinos s'aventurant rarement plus loin que leur pâté de maisons, elle sortait très peu de son précédent quartier. Un jour, néanmoins, il a bien fallu quitter la demeure cossue de Los Feliz Boulevard. Dieu sait pourtant qu'elle aimait cette bâtisse blanche, aux larges baies vitrées, dont l'entrée était encadrée de colonnes. L'intérieur était vaste, l'enfilade des pièces fluide et au fil des années elle avait réussi à décorer l'ensemble de manière élégante, sans tape-à-l'œil, attentive aux détails, à l'harmonie des couleurs, à la qualité des tentures et des papiers peints, du mobilier. Chacun assurait qu'il s'agissait d'un foyer charmant, respirant le confort mais ayant su éviter l'arrogance. Bien sûr, c'était au nord, pas l'endroit le plus pratique, le plus accessible, mais elle avait aimé s'installer non loin de Griffith Park. Car elle raffolait de cet îlot de verdure, de cette montagne qui accomplissait le prodige de marier l'aridité du Grand Ouest et la quiétude de la campagne anglaise. Tout ça est bien fini. Elle a dû tirer un trait dessus.

Laura hume l'air quelques instants, en gorge ses poumons. Elle a besoin de ça, encore, une bouffée d'air, elle en a besoin pour se sentir vivante, pour se sentir appartenir à ce monde. Elle veut respirer encore, avaler des bouffées du dehors, traquer une brise légère qui se serait miraculeusement immiscée, et embrasser le ciel, comme elle le faisait sur la jetée de Newport Beach, les jours où elle songeait à se noyer, et que le souffle léger du vent la sauvait, au dernier moment.

Mais, cette fois, Laura Parker ne sera pas sauvée : elle a décidé qu'elle serait morte ce soir.

Samuel

Samuel Jones n'a pas dormi. Ou très peu. Deux heures, tout au plus. Sans doute moins. Il ne se souvient pas bien. Lorsque le sommeil est venu le cueillir, il devait être cinq heures du matin, quelque chose a lâché, ou quelque chose l'a emporté mais, en réalité, il s'agissait d'un de ces endormissements pâteux que chaque bruit du dehors, chaque mouvement contribue à rompre, un état de semi-conscience malgré une fatigue terrible, une fausse nuit qui rouvre les yeux par intermittence, qui n'apporte aucun repos finalement. Pourtant, il aurait voulu sombrer pour de bon, plonger dans un coma, que ce soit profond, très profond, un fond d'océan, un abysse depuis lequel on ne peut plus distinguer aucune lueur, une sorte de mort. En fait, il est demeuré non loin de la surface, cela lui aurait demandé très peu de temps pour sortir la tête de l'eau ; très peu de temps et beaucoup d'efforts. Il aurait voulu que cette somnolence soit non pas réparatrice – il n'en est plus à espérer cela – mais au moins de nature à lui enlever le masque de zombie qu'il porte depuis cinq jours. Car voilà cinq jours qu'il ne dort pas. Mais non, pareille grâce ne lui a pas été accordée. Il n'a eu droit qu'à un état mi-endormi, mi-éveillé, une torpeur, qui, il le sait déjà, n'aura rien effacé, rien guéri, qui lui laissera le visage chiffonné, hideux, le regard vitreux, le corps amolli.

Ce visage-là, il le frotte, pour le ranimer bien sûr, et aussi pour en retirer les peaux mortes. Il passe et repasse les mains sur ses joues, s'accroche à la barbe naissante, au poil dru. Il masse ses tympans, comme si pareille pression devait lui ôter l'affreux mal de crâne qui ne le quitte plus, celui des hommes saouls, alors qu'il n'a pas bu une goutte depuis quarante-huit heures. Car, il y a deux jours, oui, il a compris l'origine de sa migraine, il avait tellement abusé du scotch, il s'était abruti de scotch, la bouteille vide avait fini par rouler sur le plancher en tombant de sa main soudain inanimée. Aujourd'hui, l'ivresse devrait s'être dissipée, il ne subsiste plus une trace d'alcool dans son sang et cependant, il se sent nauséeux comme après une cuite. Il continue de masser ses tympans et ça ne donne rien, ça ne change rien, c'est toujours la même barre qui appuie sur ses yeux, le même poids qui écrase son front.

Il quitte la position horizontale, le froissement poisseux des draps et s'assoit sur le rebord de son lit. Il aperçoit sur le plancher l'oreiller qu'il a probablement envoyé valser cette nuit. Il pose ses mains sur ses cuisses maigres, tête baissée, le tissu du caleçon a dû frotter contre son aine, il ressent comme une brûlure. Il pense à l'énergie qu'il va devoir rassembler pour simplement se dresser sur ses jambes, cela lui paraît incommensurable. Il reste ainsi plusieurs minutes, dans une manière de prostration, de paralysie. Il contemple son ventre, sans plis, sans graisse malgré ses quarante ans ; il a toujours été maigre. La maigreur est là depuis l'enfance, ne s'est jamais corrigée.

Il se souvient. Il a seize ans. Il est efflanqué. La peau et les os. Par endroits, on perçoit le squelette sous l'épiderme diaphane. Peu de chair, si peu de chair. Un corps si fluet. La mère se lamente souvent : « Je ne comprends pas, mon fils mange normalement, n'allez pas croire, il n'est privé de rien, il mange à sa faim, il ne manque de rien, je vous jure, je ne comprends pas une maigreur pareille. Voyez son frère, lui est charpenté, bien bâti, un homme, un vrai, mais celui-là, non, un échalas, voilà ce que c'est : un échalas. Je ne sais pas du tout d'où ça provient. Son père n'était pas comme ça et moi, j'ai des formes, tous les hommes le disent, des formes généreuses, ils disent, ce décharnement il n'est pas héréditaire, j'ai tout essayé, je l'ai même montré à un médecin, rien à faire, il a dit : “Votre fils est comme ça, c'est sa constitution, son métabolisme, il n'y a pas à s'inquiéter”, quand même on n'a pas idée d'être aussi rachitique. » La cage thoracique est creuse, les jambes sont sans muscles malgré le sport, les fesses n'existent presque pas. Le visage est émacié aussi, comme s'il était envahi par la maladie. Samuel a grandi trop vite, à ce qu'il paraît. La croissance a été trop brutale. Le corps s'est modifié en quelques semaines seulement, une totale métamorphose sur le coup des quinze ans, il s'est allongé, étiré et ne s'est jamais remplumé.

Il lui a fallu apprendre à composer avec cette apparence famélique. Ce sont les filles qui l'y ont aidé, vers l'âge de dix-huit ans. Elles, curieusement, n'ont pas été repoussées par la maigreur. Elles sont venues vers lui. Elles disaient : le visage est magnifique, les yeux bleus, les cheveux sombres, les boucles lourdes. Elles disaient : la fragilité est émouvante, ça nous change des garçons trop sûrs d'eux, élevés comme des poulets de batterie, et qui se vantent de leurs exploits au base-ball. Elles disaient : l'allure est frappante, elle a quelque chose de racé, de noble. Elles disaient : il respire l'intelligence, les autres sont des benêts, des êtres primaires, uniquement préoccupés de sport ou de sexe, chez celui-ci on sent le raffinement, l'élégance. Il a plu. Malgré l'atrophie, il a plu.

Son frère, lui, le détestait, à cause de ce charme injuste (entre autres), et profitait de sa supériorité sur lui. Il l'envoyait valdinguer les soirs où il avait trop bu, où il cherchait la dispute. Il rentrait ivre à la maison, la mère faisait semblant de ne pas s'en apercevoir, il éructait pourtant, divaguait, proférait des jurons, faisait de grands gestes anarchiques, elle détournait la tête ou filait s'affairer en cuisine, le laissant seul face au frère qui ne se dominait plus, que l'alcool rendait mauvais, ou plutôt dont l'alcool renforçait la méchanceté naturelle, elle le laissait face à l'homme, le vrai, le seul qui restait dans cette maison (le père ayant décampé presque tout de suite), la brute épaisse étourdie par trop de bière, et les coups arrivaient, pour rien, pour un silence trop long, une question demeurée sans réponse, un geste jugé déplacé, un signe d'accablement. Ou simplement parce que Samuel s'était penché sur ses livres et que son goût pour les études exaspérait son aîné. L'agression était, en réalité, la conséquence directe de sa débilité et de sa passivité. L'expression viscérale de la haine nourrie par cette débilité. Le frère le houspillait, le bousculait, le renversait. La peau marquait les coups, rougissait à l'endroit où son poing frappait. Le cadet subissait sans desserrer les lèvres, sans se plaindre, sans appeler à l'aide, attendant que les coups finissent. Et quand ils finissaient, le frère choisissait de repartir, généralement on ne le revoyait pas avant le matin. La mère ne quittait pas la cuisine. Le calme revenait dans la maison. On entendait seulement les pales d'un ventilateur. Et par la fenêtre, le grésillement doux d'une radio, dans le lointain.

Samuel ignore pourquoi la contemplation de sa maigreur ravive ainsi les souvenirs douloureux de son enfance. Faut-il qu'il soit perturbé, que sa raison soit atteinte ! Il croyait avoir enfoui tout cela, tiré un trait sur son passé. Être devenu un autre homme, sans rapport avec l'enfant battu du Mississippi. Il a travaillé sur lui-même pour occulter la violence des années de la jeunesse. Il songe que le traumatisme qu'il vit depuis cinq jours n'est probablement pas étranger à cette résurgence.

Ça y est : il est debout. Il marche jusqu'à la baie vitrée et la fait coulisser. La fraîcheur le surprend et le saisit : l'été a été si chaud, il n'arrive pas à admettre que l'automne est arrivé, et avec lui, les frimas matinaux. Il avance pieds nus sur la terrasse, le carrelage est légèrement humide, il aperçoit de la rosée sur la table et les chaises en bois blanc. Le ciel est laiteux, la ligne d'horizon vaporeuse : la brume la rend imprécise. Samuel s'immobilise. Juste avant de sortir, il s'est machinalement emparé de son paquet de Marlboro et de son briquet. Il s'allume une cigarette et, en tirant sur la première bouffée, contemple devant lui les rouleaux du Pacifique.

Il ne se lasse pas de ça, le fracas de l'océan, les lames de fond, les vagues toujours recommencées, l'écume comme une éruption volcanique où l'eau aurait remplacé la lave. Il n'y a pas de spectacle plus prévisible pourtant, pas de mouvement plus répétitif, mais c'est un éblouissement permanent, une joie qui ne faiblit pas. Avec le temps, c'est devenu une accoutumance, et cette accoutumance lui procure une forme d'apaisement. Le Mississippi était languide, majestueux certes mais lent, presque figé. Il devinait le bouillonnement en dessous, mais à la surface le calme l'emportait. Au loin, il distinguait les chênes drapés de mousse espagnole, les cyprès, les bâtisses blanches ; pour lui, pour tous, il s'agissait d'un monde immuable. L'océan, c'est autre chose. C'est la turbulence, c'est aussi l'interminable, l'inintelligible, l'inattaquable. Une pureté qui gronde. Une immensité qui gouverne. Un horizon qui se déchaîne.

Il s'est installé à Newport Beach, voilà plus de dix ans. À l'époque, ses proches ont manifesté leur étonnement. Newport Beach, ça ne lui ressemblait pas ; trop bourgeois, presque cossu, aseptisé ils ont dit. Venice Beach, oui, les happy hippies, les surfeurs, les Blacks sur la jetée, les maisons aux peintures écaillées, les graffitis sur les murs, les chansons de Bob Marley échappées des boutiques de fripes, et toute cette faune de vrais et faux artistes, ça oui, c'était son univers. Du reste, il y a vécu sept ans. Pas rien, sept ans. Il arrivait de sa Louisiane, il avait fui le frère violent, la mère inerte, il s'était retrouvé là. Et voilà qu'à même pas trente ans, il décidait d'émigrer chez les bien-portants de Newport. Pour aller faire quoi ? « Trouver la belle lumière », avait-il répondu. Il disait : « C'est là-bas que la lumière est la plus belle. » Et c'est encore ce qu'il pense, même en cette matinée blanchâtre, tandis que le Pacifique vient mourir en convulsions à ses pieds.

Il ferme les yeux et persiste à voir la lumière, la sent sur sa peau. Il demeure quelques instants ainsi, les yeux clos, debout face à la plage, tirant sur sa cigarette, il respire, prend ce qu'il y a à prendre, ce qui le maintient en vie. Les passants sur la jetée ne prêtent pas attention à lui, ils vaquent à leurs occupations, ou bien ils savent que les autochtones ont de ces rituels et les respectent, en poursuivant leur chemin.

Quand la cigarette est grillée, il rouvre les yeux, l'écrase et regagne la maison. Là, il renoue avec le désordre, un cadavre de pizza dans un carton éventré, des canettes de bière vides sur la table (depuis combien de jours traînent-elles ?), une télé allumée dont le son a été coupé, mais aussi des courriers épars, des enveloppes déchirées, des feuilles portant des en-têtes, et puis des vêtements, un caleçon, une chemise bariolée, un ceinturon qui lézarde sur la moquette, le quotidien d'un homme sans femme. Contre les murs, posés par terre, de dos, des tableaux ; les siens. Il en est un qui lui fait face, celui auquel il travaille en ce moment, posé sur un chevalet, à côté d'un guéridon où il a abandonné pinceau, palette et gouaches. Il traverse ce capharnaüm pour rejoindre la cuisine. En y entrant, il est aussitôt foudroyé. Son regard accroche, bien malgré lui, une photo de Paul, la seule qu'il ait jamais encadrée, et qui trône au milieu de bibelots sans importance, sur un buffet. Il la connaît par cœur, il connaît aussi son emplacement par cœur, il aurait pu facilement l'éviter mais non, ça a été plus fort que lui, ou alors l'inconscient a parlé, il a fallu que ses yeux tombent sur elle, et ça lui a fait plier les genoux, ça lui a coupé la respiration, il doit s'accrocher au dossier d'une chaise pour ne pas chuter. Il détourne le regard mais c'est trop tard, le mal est fait. Il avance, tel un boxeur sonné, jusqu'au bar et s'oblige à préparer un café. Rien à faire, il sait que, dans son dos, il y a encore la photo, que, dans le cadre, Paul sourit, qu'il y sourira jusqu'à la fin du monde, et que lui, Samuel ne sera jamais capable de s'en débarrasser, ou même seulement de la ranger dans un tiroir. La photo est intouchable, elle est plus forte que lui, plus forte que tout.

Paul est son fils. Cet après-midi, à 14 heures, il doit l'enterrer.

Laura

Dans la cuisine, c'est du par cœur. D'abord, le frigo. Dans la porte, la bouteille de lait. Elle s'en verse un bol puis place le bol dans le micro-ondes, sans mettre en marche encore, puis remet la bouteille à sa place et se saisit de deux œufs. Elle se dirige vers la paillasse, pose une poêle sur le brûleur, allume, verse un peu d'huile, attend quelques instants que ça chauffe puis casse les œufs qu'elle brouille dans la poêle. Tandis que ça cuit à feu doux, elle sort du placard le café instantané, qu'elle dépose sur la table ainsi que le pain de mie dont elle fait glisser deux tranches dans le toaster. Retour au frigo, elle sort à présent le beurre. Une cuiller, un couteau, dans le tiroir juste à côté. Elle allume le micro-ondes. Une minute trente. Et tout est prêt au même moment : les œufs, les toasts, le café. Elle peut passer à table. Il ne lui reste qu'à saupoudrer le café dans le lait bouillant, à beurrer les toasts, à saler les œufs. Tous les jours, c'est le même menu. Tous les jours, les mêmes gestes.

Du reste, elle accomplit sans faiblir, sans hésiter, ces gestes minuscules, ceux du quotidien, ceux qu'elle reproduit sans y penser, sans avoir besoin de réfléchir. Aujourd'hui, il pourrait y avoir une tension, liée à la décision qu'elle a prise, celle de se tuer, mais non : elle se cantonne, pour le moment, aux actes coutumiers, répétitifs, sans fébrilité apparente, sans maladresse ni inquiétude. Elle n'est pas dérangée, désorientée. Rien, pour l'heure, ne la fait dévier, ni même vaciller. Sans doute se force-t-elle un peu, s'obligeant au respect scrupuleux de ses automatismes, mettant un peu plus d'application que d'habitude dans sa conduite. Toutefois, il est évident que tout cela relève d'une mécanique incroyablement huilée. Il faudrait un événement considérable pour l'enrayer. Sa propre mort ne constitue apparemment pas un événement considérable.

Ou bien précisément cette incapacité absolue à s'extraire de la routine démontre qu'elle a raison de souhaiter en finir. Pour échapper à cet enchaînement imparable, à ce mouvement systématique, la mort est encore le meilleur moyen.

Elle est assise à la table. L'assiette est vide, il ne subsiste que la trace des œufs, un peu de jaune gélifié, et sur la toile cirée des miettes du pain de mie grillé. Les coudes plantés, elle tient son bol à deux mains devant son visage. Les yeux sont perdus dans le vide, vitrifiés. C'est un résidu de son mauvais sommeil qui la maintient dans cette sorte de prostration. Elle ne pense à rien, fait la démonstration qu'il est possible de ne penser à rien, de se figer dans une parfaite vacuité. En ces instants, elle est la femme inculte, improductive, inhabitée, un être stérile, et cela lui convient parfaitement. Elle aime cette sensation de néant. Elle voudrait que ça dure longtemps. Elle voudrait demeurer imperméable au dehors, enfermée dans sa bulle, inconsistante et protégée.

En conséquence, elle n'allume pas la télévision. Quant à la radio, elle est réservée à la salle de bains, aux ablutions. Dans les premières minutes du jour, de toute façon, elle est incapable de supporter les agressions extérieures, toute cette bonne humeur factice, les visages souriants, les décors trop éclairés, la succession des reportages, les conseils pour être belle, mince, en bonne santé, jardiner, vieillir, courir, s'habiller, l'état de la circulation, le temps qu'il fait. C'est trop pour elle. Elle a besoin de silence.

Il n'en a pas toujours été ainsi. Avant, il y avait le tumulte des enfants autour d'elle, leurs chamailleries, leurs éclats de voix, les traces de chocolat autour de leurs lèvres qu'il fallait essuyer, les dessins animés, et elle s'en accommodait fort bien. Mieux : elle raffolait de ces moments. De fait, le besoin de silence est venu avec la solitude.

Elle repose le bol, le café au lait ingurgité pèse sur son estomac, elle ignore pourquoi elle persiste à en boire, ça lui fait plus de mal que de bien, en fait elle ne peut plus s'en passer, il s'agit d'une habitude trop ancienne. Avant, elle n'avait pas le temps de se focaliser sur ses maux d'estomac. Avant, il y avait les autres, elle n'avait pas l'occasion de penser à elle.

Elle se lève, entasse dans l'évier les ustensiles du petit déjeuner, bol, poêle, assiette, cuiller, couteau, et nettoie le tout. Cela aussi, c'est un rite. Toujours laver la vaisselle aussitôt que le petit déjeuner est achevé. Ne pas laisser sécher le café dans le bol, l'huile dans la poêle, le beurre sur le couteau, parce que après, c'est plus dur à ravoir. Et puis, elle n'aime pas les odeurs de cuisine qui persistent, ni les affaires qui traînent.

Une fois qu'elle a terminé, elle est soudain saisie d'un vertige et doit s'arrimer à l'évier. Ça dure quelques secondes, la tête qui tourne, les mains agrippées à l'émail, le corps qui chancelle. Et puis, ça s'en va. Elle songe qu'elle n'est pas aussi forte qu'elle le croit. Pas aussi indifférente.

Quand a-t-elle pris sa décision ? Elle répondrait probablement : « Hier », si on l'interrogeait. Hier, en fin de journée. Et puis, il faudrait qu'elle s'explique, qu'elle en dise davantage. On ne décide pas de se tuer, comme ça. Ou bien, si on le décide sur un coup de tête, on le fait aussitôt, on se précipite dans la rue et on se jette sous la première voiture, ou on allume le gaz et on respire à pleins poumons, à pleins poumons, ou bien on s'ouvre les veines dans un bain bien chaud et on attend, on endure la brûlure aux poignets et on attend que la mort survienne, ou encore on avale un tube de médicaments, plusieurs tubes, n'importe lesquels, ceux stockés dans l'armoire de toilette, on avale les comprimés à pleine bouche et on s'endort lourdement, on plonge dans un coma dont on ne revient pas. Là, rien de tout ça. Elle s'est dit : je vais mourir. Et elle a ajouté, en secret : je ferai ça demain. Comme s'il n'y avait pas une urgence absolue, comme si elle pouvait laisser passer vingt-quatre heures. En fait, elle a su tout de suite comment elle entendait quitter la vie et elle a pensé : cela demande un peu d'organisation. Voilà.

La vérité, évidemment, c'est que ça vient de beaucoup plus loin. C'est né il y a longtemps, elle ne saurait pas dire quand exactement, ne serait pas fichue de fournir une date, de se rappeler une circonstance, mais c'est arrivé, c'est apparu, et ça s'est insinué sans qu'elle s'en rende tout à fait compte, ça a grandi sans que ça la dérange vraiment, à la façon d'une tumeur, invisible, pas douloureuse, mais maligne, ça a pris de la place, ça s'est nourri de toutes les anxiétés, toutes les défaites, tous les renoncements. Et, un jour, elle a compris que c'était là, installé, ancré, et qu'elle ne s'en débarrasserait pas, que c'était trop tard. Ça avait tout envahi. Elle aurait pu lutter néanmoins, et sans doute l'a-t-elle fait, à sa manière, par l'indifférence, la désinvolture. Elle aurait pu chercher à employer les grands moyens, tout tenter pour se sauver, mais elle ne s'en est pas senti le courage, la force. En réalité, elle était déjà trop diminuée, le découragement était devenu trop vaste, imbattable. À partir de là, il lui a suffi de lâcher prise. C'est ce qui s'est produit hier, précisément. Elle a lâché prise. La certitude que plus rien n'avait de sens s'est irrévocablement imposée.

Elle n'a pas accueilli cette résignation comme une catastrophe. Elle croit que les catastrophes, c'est autre chose : des avions qui s'encastrent dans des tours et des innocents qui périssent ; des raz-de-marée qui dévastent des côtes jusque-là paisibles et des enfants tués par milliers, des familles anéanties ; des guerres lointaines, des haines inexpugnables et des tas de corps suppliciés, et des mères qui crient ou se recueillent devant les cercueils de leurs fils. Oui, cela, c'est tragique (elle croit que la tragédie, c'est le nombre, la quantité, la foule). Mais la mort voulue, la mort consentie d'une femme de quarante-cinq ans, habitant Sweetzer Avenue, Los Angeles, Californie, un jour de l'automne 2008, non, ce n'est pas une catastrophe. Même pas un fait divers. Ça ne fera pas deux lignes dans le journal. Surtout un jour comme aujourd'hui.

Ah oui, parce que, bien sûr, la nouvelle du jour, celle qui occupe tous les esprits, dont tout le monde parle, qui court et galope de conversation en conversation, se démultiplie sur les écrans, de télévision, d'ordinateur, de téléphone, fait espérer les uns, trembler les autres, mobilise l'attention de la planète, celle qui s'inscrira peut-être dans la mémoire collective comme le deuxième marqueur du XXIe siècle (le premier étant, est-il besoin de le rappeler, le 11 septembre 2001), c'est la possible élection d'un Afro-Américain à la tête des États-Unis. En ce mardi 4 novembre 2008, le monde retient son souffle, attendant de savoir si l'Amérique osera Obama. Et la disparition de Laura Parker passera inaperçue.

Samuel

Samuel revient dans le living, son mug fumant à la main, marche sur un papier gras qui colle à la plante de son pied droit, se cogne contre le rebord de la table basse, avant de se laisser finalement choir dans le sofa encombré. Face à lui, sur l'écran de la télé muette, il aperçoit le visage de l'homme noir à qui on promet la Maison-Blanche. Cette apparition l'immobilise, comme si elle avait quelque chose d'hypnotique. C'est donc aujourd'hui, se souvient-il, aujourd'hui que l'Histoire s'écrit ; il avait presque oublié. Il n'entend pas les mots prononcés, la voix assurée et rassurante du candidat démocrate, il voit seulement le port de tête, altier, la démarche souple, féline, l'élégance à peine travaillée, il songe que le type est taillé pour le rôle, qu'il y a des types taillés pour les grands rôles, des types à qui il ne ressemble pas. C'est une sorte de biographie en accéléré que CNN diffuse : les images se succèdent, racontant un parcours, une épiphanie. Et puis, juste après, c'est au tour de

McCain d'avoir droit à son portrait : celui d'un héros américain mais il s'agit d'un héroïsme passé de mode, puant le renfermé, les photos sont en noir et blanc, le héros est fatigué, il arrive trop tard. Et, tout à coup, ça paraît évident à Samuel, à l'issue de cette superposition silencieuse, de cet enchaînement de chromos, qu'Obama va gagner, qu'il ne peut pas en aller autrement, que c'est irrésistible.

Pourtant, il aura fallu en parcourir, du chemin, pour parvenir à cette évidence. Qui aurait pu envisager pareil dénouement ? Pour lui, l'éternel garçon de la Louisiane, il s'agit même d'un événement tout à fait spectaculaire. Il a été élevé dans la séparation, terme pudique employé pour désigner la ségrégation informelle qui a succédé à la ségrégation légale. Ne pas vivre « ensemble », vivre « à côté », voilà ce qu'était la règle non écrite. Il a été élevé non dans la haine des Noirs mais dans leur mépris, devant garder ses distances, ne pas leur adresser la parole, ou le moins possible. Sa mère répétait : « Ils ne sont pas comme nous, pourquoi on irait se mélanger ? » C'étaient les mots d'un racisme ordinaire, celui des États du Sud. Il a grandi avec ces mots-là, il a attendu d'avoir dix-huit ans pour les trouver répugnants. Avant, non. Avant, c'était normal. C'était « comme ça ». Et là, ce type, le Nègre, va être élu président. Fascinant.

Son frère surtout avait le complexe de supériorité du Blanc. Pour lui, les Noirs étaient voués à être des domestiques, ils devaient occuper des emplois subalternes. La réussite de l'un d'entre eux, devenu avocat, ou patron d'une petite entreprise, le frappait comme une injustice. Il ne pouvait s'y résoudre. Il jurait qu'il fallait les empêcher de grandir, même de recevoir une éducation, les maintenir dans l'ignorance et la soumission, pour qu'ils n'aient pas l'idée un jour de « prendre notre place ». Quand certains d'entre eux se rebellaient, c'était de la violence. Quand les Blancs les molestaient, c'était de la légitime défense. Samuel ne parle pas d'un temps ancien, il ne parle pas des années 40 ou 50. Il parle des années 70, quand il était l'enfant du Mississippi.

Il pense à ceux de là-bas, ceux qui sont restés, qui ne partiront jamais, M. Townsend l'épicier, Stuart Carter qui frayait au collège avec lui et qui est devenu policier, Elizabeth Parsons, la femme des plantations, d'autres encore. Il sait pour qui ils vont voter, ceux-là, ou plutôt contre qui. Il les imagine accablés, ou effrayés. Ce soir, ils seront dans la sidération. Leur cauchemar sera une réalité. Mais il les connaît : ils auront aussitôt soif de revanche, ils ne voudront pas s'en tenir là, ils commenceront le combat, ils diront : « On ne peut pas aller contre nos traditions. » Dans leurs traditions, les Blancs l'emportent. Toujours. C'est « comme ça ». Samuel n'a pas de haut-le-cœur en pensant à eux. Il est passé à autre chose depuis longtemps. Le dégoût a disparu, du moins s'est estompé. Ce monde de la Louisiane n'est plus le sien, il l'a quitté, s'en est débarrassé. Lui, il est le gars de Newport Beach, qui peint des toiles et contemple l'océan.

Il a la faiblesse de croire qu'il est meilleur qu'eux, qu'il n'a pas leur rancœur, leur médiocrité, leur étroitesse d'esprit. Mais, à la fin, est-ce qu'il a une meilleure vie qu'eux ? Est-ce qu'il s'en est tiré mieux que les bouseux de Mandeville, les taiseux de Slidell, les riverains du lac Pontchartrain ? Certes, il est parti, il a accompli cet exploit de s'arracher, de s'exiler, il a traversé le pays, il est allé voir ailleurs s'il y était et s'y est trouvé. Certes, il a formé des rêves et tenté de les réaliser, et il en a réalisé quelques-uns. Peindre, par exemple. Trouver la belle lumière. Mais est-il heureux pour autant ? Les autres, avec leurs existences étriquées, leur pick-up et leur pavillon de bois, leur drapeau américain sur la devanture et les saules qui pleurent dans le jardin, avec leurs enfants qui vont à l'école et que le bus ramène, leur fin de semaine dans les bayous à pêcher, à faire cuire des steaks sur des barbecues, oui, ceux-là, même s'il ne les envie pas, ils n'ont pas l'air malheureux. Peut-il en dire autant ?

Lui qui est assis dans son salon, écrasé par le chagrin, au milieu d'un désordre qu'il ne songe même plus à corriger. Lui qui regarde à la télévision l'Amérique qui change, en spectateur impuissant, acteur de rien du tout, étranger aux événements. Lui qui conserve dans sa rétine la vision triomphante d'Obama, l'image impeccable pour croire qu'il ne s'est pas tout à fait trompé, que tout n'a pas été raté, que le vieux monde avait tort. Mais son monde à lui ne s'est-il pas tout bonnement écroulé ?

Samuel Jones n'est peut-être qu'un pauvre type, qui a cherché à se fabriquer un destin et n'y est pas arrivé. Un pauvre type qui a espéré des firmaments, des clartés et se retrouve au milieu de gravats, dans une sorte de grisaille que seuls le rugissement de l'océan et l'éclat du soleil parviennent encore à lui dissimuler.

Il avale une gorgée de café et se brûle le palais. Aussitôt, il s'en veut. Il sait que cette brûlure ne le quittera pas de la journée, qu'elle le lancera, ne le laissera pas en repos, constituera un inconfort. Il n'avait pas besoin de ça. Pas aujourd'hui.

Sur l'écran de télévision, on montre les premiers votants qui se sont déplacés en masse visiblement, dans ce pays qui ne vote pas (ce qui ne l'empêche pas de donner des leçons de démocratie au monde entier). Pour une fois, les Américains vont peut-être faire mentir leur mauvaise réputation. Et Samuel Jones se demande comment les choses se sont enchaînées pour qu'il en soit réduit à se tenir à l'écart d'un élan pareil.

Laura

C'est cela qu'elle entend désormais, tandis que, face au miroir de la salle de bains, elle passe et repasse son index sur ses cernes, espérant les effacer : la rumeur de l'Histoire en marche. Elle a allumé la radio, en un geste machinal, et aussitôt lui sont parvenues des phrases, exclamatives, où il est question de participation, de files d'attente devant des bureaux de vote, de bulletins à cocher, d'États-bascule qui feront la décision, de grands électeurs, de couleur de peau. Les commentateurs insistent : les jeux ne sont pas faits et qui sait si les Américains ne vont pas déjouer dans les urnes ce que prédisent les sondages. Ils rappellent les précédents : ces candidats annoncés gagnants et qui ont finalement perdu, ou le contraire. Truman triomphant de Dewey à la surprise générale en 1948, Kennedy coiffant sur le fil Nixon en 1960, Carter battu à plate couture en 1980 par un acteur de série B sur le retour nommé Ronald Reagan, Bush écartant Gore à l'issue d'un recomptage grotesque de bulletins en Floride en 2000. Toutes les surprises sont possibles. Laura devine que l'intérêt des *networks* est d'entretenir le suspense. Toutefois, elle est comme tous ses compatriotes : elle se demande si, à l'instant crucial, la peur du Noir ne va pas l'emporter. Et d'ailleurs, dans le reflet de la glace, elle aperçoit tout à coup l'incertitude qui s'est dessinée, presque contre son gré, en son propre regard. Elle choisit de changer de fréquence afin de trouver une station musicale. Les analyses politiques cèdent la place à la voix sensuelle et cassée d'une jeune chanteuse de country.

Elle se rappelle combien son père aimait cette musique. Le samedi et le dimanche, c'est-à-dire les seuls jours de la semaine où il était là, il passait invariablement des disques de country, empilés le reste de la semaine sur une étagère dans un ordre que lui seul comprenait et que nul, dans la maison, n'était autorisé à déranger. Parfois, ses frères s'y risquaient, plus pour le faire enrager qu'autre chose et ça ne ratait pas, il entrait dans une colère brève et surjouée, expliquant qu'on s'ingéniait à détraquer son équilibre dans ce foyer, mettant cet irrespect caractérisé de sa passion sur le compte de son éloignement, suppliant qu'on lui laisse ce petit bonheur, lui qui avait si peu l'occasion d'être heureux quand il sillonnait les routes de Californie, revendant sa marchandise à des boutiquiers indifférents ou radins, et dormant dans des motels de seconde zone, le long d'autoroutes sans fin. Voyageur de commerce, ça n'était pas une vie. Son seul réconfort, c'était de retrouver sa famille, le vendredi soir, et de savourer un repos qu'il estimait mérité, en écoutant des standards de Willie Nelson, ou les accents traînants d'une Patsy Cline.

La mère de Laura, quant à elle, avouait un faible pour les chanteurs espagnols. Pas vraiment illogique, à bien y réfléchir, puisque c'était sa langue d'origine. Mary Parker était, en effet, née Maria Rodriguez, à Tijuana, au Mexique. Une ville-frontière, la ville du mauvais côté. Si elle avait vu le jour à peine quelques kilomètres au nord, toute son existence eût été différente. Elle n'aurait pas connu à cinq ans les églises blanches de chaux, où le soleil se réverbère, à seize ans les *maquiladoras*, ces ateliers où l'on assemble les automobiles que conduisent les bons Américains, à dix-neuf les casinos géants et miteux où on traîne son ennui en espérant une fortune qui ne vient jamais. Néanmoins, Maria avait eu plus de chance que d'autres : elle avait réussi à traverser cette fichue frontière, s'était laissé séduire par un fringant représentant et installée à San Diego. Mais les airs espagnols lui étaient restés dans la tête.

Ceux que Laura entendait du lundi au vendredi, dans la maison de l'enfance.

Ce découpage du temps l'a, d'ailleurs, durablement marquée : les chansons d'Amérique du Sud en semaine, celles de l'Amérique profonde le week-end. Elle songe que, d'une certaine façon, elle s'est construite sur cette dichotomie.

À propos : quand on est la fille d'un Californien pure souche et d'une immigrée mexicaine, est-ce qu'on ne trouve pas curieux que le premier non-Blanc qui ait une chance de devenir président soit un Black et pas un Latino ?

Et, quand on se prépare à mourir, est-ce qu'on se souvient forcément des origines ?

Laura sent l'eau chaude de la douche éclabousser son visage, s'enrouler autour de ses épaules, former des rigoles de savon de son ventre à ses cuisses, et tout le long de son corps. La puissance du jet rend la musique plus lointaine, plus incertaine, et avec cet amortissement, cet amoindrissement, c'est son enfance et ses questions qui, à leur tour, se dissipent. Autour d'elle, tout devient nébuleux, vaporeux. Elle ne pense plus qu'à l'eau qui coule, la lave, la détend. Elle en oublie ce qu'elle estime être ses défauts : la pomme de ses seins pas assez ferme, le relâchement autour de ses hanches. Les autres, ses proches, assurent qu'elle est belle (« pour une femme de son âge »), que son maintien est intact, mais elle sait que c'est faux, que le vieillissement est à l'œuvre depuis des années déjà, que seuls des vêtements habilement choisis parviennent à le masquer. Ce matin, pourtant, elle pourrait les croire, voudrait les croire, ses amis bienveillants. Ce matin, elle voudrait supporter sa nudité, compter sur les vertus rédemptrices de cette eau qui ruisselle, se répand, de cette buée qui la cerne en exhalant un parfum de lavande.

Elle ferme le robinet, tire le rideau d'un coup sec, enjambe le rebord de la douche, pose les pieds sur le tapis de bain et s'emmitoufle dans une serviette pour se sécher. Il lui semble être délestée, des cauchemars de la nuit peut-être, des impuretés déposées en lamelles invisibles, de l'arantèle indétectable à l'œil nu qui la recouvre et l'entrave. Elle tamponne plus qu'elle ne frotte, attentive à ne pas abîmer son épiderme, détestant les rougeurs, les échauffements. Elle prend son temps, car il s'agit d'un cérémonial. Et puis, surtout, c'est un moment qui n'appartient qu'à elle, une liturgie intime.

Ils ont été si rares, ces moments-là, si rares. Quand elle y pense, elle a presque toujours tout partagé : son lit avec son jeune frère, dans la maison trop petite de San Diego avant qu'ils ne déménagent, sa place dans le bus avec Carlotta quand elle se rendait au collège, sa tristesse avec sa mère quand les absences de son père se faisaient trop lourdes, son espérance d'une vie meilleure avec Carlotta encore, son Big Mac le jour où elle a rencontré Michael sans savoir évidemment qu'il deviendrait son mari, son temps quand il lui a fallu élever deux fils arrivés presque coup sur coup, et tout le reste : les repas familiaux, les nuits conjugales, les obligations sociales. Elle n'a pas eu tellement d'occasions pour la solitude ; non la solitude poisseuse de l'abandon, du délaissement, mais celle tranquille, harmonieuse où l'on se pose enfin, on respire, on se recueille, on est avec soi uniquement, dans un parfait retranchement. Aujourd'hui, il ne subsiste qu'une poignée de rites personnels (la douche, bêtement, en est un) qui lui procurent ce bien-être, ce baume.

Ceci, tout de même : elle ne reste pas nue dans la salle de bains, nouant une serviette autour de sa poitrine. Elle sait pourtant que personne ne viendra la surprendre, que personne ne peut la voir. Mais c'est un résidu de sa vie d'avant, quand elle prenait garde de ne jamais se montrer dénudée devant ses enfants. Et, si elle y songe, cela remonte peut-être encore à plus loin : à ses jeunes années, dans cette famille si pudique, où l'on ne s'exhibait pas, où l'on se méfiait de la permissivité. Donc il faut entendre l'intimité dans son sens le plus restrictif : quelque chose qui a à voir avec la retenue, la discrétion, la mesure.

Dans la glace où elle retire du plat de la main un peu de condensation, elle se trouve plus avenante. Certes, sa chevelure dégoutte et ses joues sont légèrement rosacées mais les cernes lui paraissent moins lourds, moins marqués.

Moins de bistre, moins de veinules éclatées, comme si la fraîcheur était revenue, la netteté. Elle se brosse les dents, ainsi qu'elle l'a appris à ses enfants, méticuleusement, longuement, de haut en bas, avec un petit mouvement rotatif. Ses yeux se perdent à nouveau mais son esprit ne vagabonde pas, c'est juste une abdication. Puis, afin de parachever sa petite métamorphose, elle dépose un peu de crème, un peu de blush sur ses pommettes, souligne de noir le contour de ses yeux, avant d'arranger ses cheveux. Elle pense, en souriant, qu'elle fera un cadavre impeccable. Et juste après, elle se demande où elle va puiser pareille ironie. Dans quel désespoir ?

Samuel

Il faudrait qu'il aille prendre une bonne douche maintenant, récurer tout ça, la mauvaise peau, et puis se débarrasser de cette sale odeur de transpiration, presque de putréfaction. Il faut qu'il se rase aussi, qu'il soit à peu près présentable. C'est lui qui se tiendra au premier rang, aujourd'hui, juste derrière le cercueil, c'est à lui que le pasteur adressera ses condoléances. Il vaudrait mieux ne pas faire mauvaise impression. Il devra choisir un costume. Ce ne sera pas bien difficile : il n'en possède que deux. Il optera pour le plus sombre, évidemment. La vendeuse lui avait dit : « Prenez-le, ça peut toujours servir. » Il y avait 50 % de rabais sur le deuxième acheté. Il faudra aussi qu'il mette la main sur sa cravate, il est certain d'en avoir une noire mais où est-elle rangée, si on peut raisonnablement appeler rangement cet empilement hasardeux de vêtements, dans un coin de la chambre. La chemise, c'est facile : il prendra la blanche, il devra simplement la repasser. Il sait repasser les chemises. Les hommes divorcés savent repasser les chemises.

Mais là, tout de suite, il n'est bon à rien. Là, tout de suite, il est à nouveau la proie d'images sombres, dévasté par une attaque de tristesse parce que le souvenir de Paul vient de débouler, sans prévenir. Pas de photo pourtant, cette fois-ci. Rien qui ait pu lui rappeler son fils. Ni tee-shirt qui aurait traîné, aucune madeleine de Proust (oui, il a lu Proust, les deux premiers tomes, à l'université, et cette histoire de madeleine est inoubliable, c'est le cas de le dire). Non, c'est arrivé, comme ça, d'un coup, sans sommation. Ça lui a fait comme un coup dans le plexus, ça l'a asphyxié. En fait, c'est tout bête : c'est évidemment le fait d'avoir pensé à la façon dont il va devoir s'habiller qui l'a ramené à Paul, faut-il qu'il soit déboussolé pour ne pas comprendre combien le chemin était court de l'un à l'autre. En tout cas, maintenant, il a mal, ça se comprime dans sa poitrine. Il reste assis sur le sofa, le corps penché vers la boîte de pizza, il voudrait que la douleur s'arrête et elle ne s'arrête pas. Paul avait dix-sept ans. On ne meurt pas quand on a dix-sept ans.

Il ne se souvient pas de sa naissance, il n'était pas là. Il est arrivé trop tard à la maternité. Claire avait déjà accouché, le bébé était étendu dans une sorte de couveuse à côté du lit quand il est entré dans la chambre, il reposait sur le ventre, il semblait calme, si calme. Claire avait les traits fatigués mais il y avait quelque chose dans son regard d'absolument radieux qu'il n'a aperçu qu'à ce moment précis. Même quand elle lui a dit « Je t'aime » la première fois, elle n'avait pas cette chose-là dans les yeux, très pure, qui a à voir avec la grâce et la victoire. Il s'est approché, il a regardé l'enfant endormi, il s'est retenu de pleurer, c'est idiot mais peut-on s'empêcher d'être submergé par l'émotion en pareille circonstance ? Et puis, il s'est penché vers Claire et l'a étreinte, comme pour la remercier. Oui, la remercier. Car il entrait davantage de gratitude que d'amour dans son geste, il en est certain maintenant. Un fils. Il avait un fils.

Il n'en avait pas rêvé pourtant. Peut-être parce que, quand on grandit sans père, on s'imagine difficilement soi-même dans le rôle. Du reste, cet enfant était arrivé par accident. Ils ne l'avaient pas voulu, Claire était tombée enceinte voilà tout. Un matin, elle avait dit : « J'attends un bébé. » Elle avait acheté un test au supermarché, s'était enfermée dans les toilettes et elle avait su. Plus tard, ce jour-là, elle avait avoué, sans rien deviner de la réaction possible de Samuel. Il n'a été ni heureux, ni accablé : dérouté. En fait, ne sachant comment réagir, il est resté muet, les bras ballants, comme s'il encaissait le choc, comme s'il essayait en un temps record d'évaluer l'étendue du changement, du bouleversement, sans y parvenir évidemment. Comme il ne disait rien, elle avait murmuré : « On n'est pas obligés de le garder, si tu n'en veux pas. » Et là, il avait su. Il avait su qu'il voulait le garder, que cet enfant naîtrait. Alors il avait enlacé Claire et pensé : je vais prendre mes responsabilités. Et il les avait prises. Deux mois plus tard, ils se mariaient à l'église méthodiste. Ils se fréquentaient depuis moins de six mois. Probablement, il ne l'aurait pas épousée si elle n'avait pas été enceinte. Il se posait déjà des questions sur la pérennité de leur relation, comme on l'énonce pudiquement. Probablement, ils n'auraient pas fait leur vie ensemble, mais dorénavant c'était différent, tout avait changé, ils étaient trois, il ne pouvait plus penser seulement à lui. Quand il a annoncé la nouvelle, tous ses proches, ses amis ont été abasourdis. Ils imaginaient si peu Samuel rentrer dans le rang. Il avait précisément quitté le Mississippi pour ne pas rentrer dans le rang, pour « vivre sa vie », tenter de vivre de son art. Et là, il fondait une famille. Un coup de tonnerre.

Ça n'a pas duré longtemps, malgré tout, le couple. La fiction du couple. Trois ans plus tard, Claire et Samuel divorçaient. Toutefois,

Samuel est resté père et a assumé ses devoirs, payé la pension alimentaire, accueilli son fils chez lui un week-end sur deux et la moitié des vacances scolaires, l'a aidé à grandir. Il a été un bon père, tout le monde le dit.

Aujourd'hui que son fils est mort, tout de même, il a des doutes.

Sur un coup de tête, il quitte la maison, ne pense même pas à refermer la baie vitrée derrière lui. Au passage, il saisit sa combinaison et sa planche qui traînent sur la terrasse, que personne ne songerait à voler tant il est vrai qu'ici personne ne dérobe rien, les chaises de jardin, les parasols, on retrouve tout à sa place au petit matin, et il se dirige vers l'océan qui gronde. À cette heure-là, la plage est déserte et le sable conserve encore un peu de la fraîcheur de la nuit. Il avance d'un pas décidé, sans ressentir la fatigue. Il ne scrute pas l'horizon, ses yeux sont vitreux, il avance machinalement, ce n'est pas bien difficile, il suffit de marcher tout droit.

Au pied d'une des cabanes réservées aux sauveteurs, il se déshabille, dépose ses vêtements sur les marches de l'escalier de bois et enfile sa tenue de surfeur. Là encore, il s'agit de gestes mécaniques, mille fois exécutés, il est allé si souvent se confronter aux vagues, comment faire autrement dans un endroit pareil ? Bien sûr, Newport n'est pas le meilleur spot de la côte mais on y trouve une bonne taille de houle et des courants porteurs.

Il pénètre dans l'eau sans hésitation, sans en prendre la température, son corps est habitué, il progresse lentement contre le courant, dans le ressac, s'approche des premières vagues, les dépasse, elles ne sont pas assez hautes, il faut aller plus loin, beaucoup plus loin, il sait évaluer la distance, c'est un savoir qui s'apprend, il a appris, il continue de progresser, les vagues se font plus fortes, il ne peut plus les enjamber, doit les surmonter avec sa planche désormais, et c'est ainsi, étendu sur le ventre, les bras et les mains en mouvement, qu'il s'éloigne du bord, devient un point minuscule pour ceux qui l'observeraient depuis la plage. Sans compter que la brume ne s'est pas dissipée encore, il la sent, rasante, elle l'enveloppe, elle le nimbe, il aime son fouet léger sur son visage.

Quand il estime être parvenu au point recherché, alors il se hisse sur la planche, d'un mouvement très sûr, à la façon d'un danseur, il y a de la puissance et de la grâce dans cette manière de se mettre debout, puis de se cambrer, les bras perpendiculaires au buste, de trouver l'équilibre, de se tenir au-dessus de l'eau et de chercher la vague qui va l'entraîner.

Après, ça déroule, c'est la chose la plus facile et la plus excitante, c'est la planche qui file, accrochée à la crête, formant dans son sillage une écume, c'est la vitesse et l'harmonie, la solitude et le pouvoir, c'est aussi parfois le péril et l'incertitude, et la planche continue de fendre les flots, serpentant avec les courants qui jouent parfois des tours, Samuel pense que c'est elle qui est à la manœuvre, plus que lui, elle qui dirige les opérations, il a l'impression de se laisser faire, se laisser entraîner, il aime cet abandon. Il se sent libre. Un pauvre mot, n'est-ce pas ? Pourtant, on ne peut en trouver de plus exact. Libre.

Finalement, il regagne la plage, régénéré, vivifié. Il ne connaît pas meilleure façon de se réveiller, de se laver, de se rendre capable d'entrer dans la grande photo du monde.

Quand il s'approche de sa maison, il remarque un adolescent en bermuda jaune, qui se tient là, immobile sur le Front Walk, devant sa terrasse, comme inerte, les bras ballants. L'adolescent, tout à son inertie, ne l'entend pas venir. Au moment où il le dépasse pour franchir le seuil de la terrasse, le môme prend subitement conscience de sa présence et détale. Parfois, il y a de ces illuminés.

Laura

Elle est la femme sans histoire, la définition même de la femme sans histoire. Son existence est absolument ordinaire, linéaire, sans aspérités, sans aventures. La destinée n'y a pas sa place. Bien sûr, elle a connu quelques drames, mais qui a été épargné ? Elle a eu droit aussi à des bonheurs, mais comme tout le monde. Pas plus, pas moins. Elle sait le goût du malheur et celui de la joie, en cela elle ressemble à n'importe qui. Pas de gouffres ni de sommets, une sorte de faux plat, quelquefois accidenté.

Elle se dit que cela ne fait pas d'elle une bonne candidate au suicide. Elle s'imagine que les gens qui se tuent le font parce qu'ils sont plongés dans de profondes dépressions et cherchent à y échapper, ou qu'ils affrontent des épreuves insurmontables, des coups du sort tellement atroces qu'ils ne peuvent y survivre. Elle suppose qu'ils ont voisiné trop longtemps avec l'obscurité, ou la violence, ou la désolation. Elle ne peut pas prétendre s'être approchée de leurs abîmes. Et cependant, elle a choisi de mettre fin à ses jours. Elle en conclut qu'on peut vouloir cesser de vivre simplement parce que la vie est fade.

En vérité, pour banal qu'il soit, elle a l'impression que son cas n'a pas été prévu. En effet, qu'est-ce qui attend les femmes de quarante-cinq ans, divorcées, dont les enfants sont grands, et qui se retrouvent dans la précarité, parce qu'elles ne se sont jamais assumées par elles-mêmes, parce qu'elles ont toujours dépendu d'un époux, et qu'elles ne possèdent pas les codes du monde extérieur ? Oui, qu'est-ce qui les attend, ces femmes-là, désormais seules, démunies, si aptes à la vie matérielle et si inaptes à la société matérielle ? Rien, ou si peu. Et comment elles peuvent s'en sortir ? Comment ? Elle a cherché des réponses, elle jure qu'elle a cherché. Elle n'en a pas trouvé.

Elle se tient devant le dressing, devant les cintres accrochés où pendent ses robes. Laquelle va-t-elle porter aujourd'hui ? Car elle ne porte que des robes (ou des jupes, bien sûr), c'est comme ça. N'a jamais supporté les pantalons, encore moins les bermudas. N'y discerne pas un signe indubitable de féminité ou d'élégance, non. Encore une habitude, voilà tout. Elle cherche une couleur, une tonalité. En cette journée de novembre qui s'annonce belle, un beige fera l'affaire. Comme si l'été n'avait pas tout à fait disparu, comme si elle retenait un peu de la douceur qui file. La matière : ce sera un coton léger, un tissu qui ne colle pas à la chair, ne se froisse pas non plus. Les robes sont sa dernière coquetterie, elle les a toutes emportées lorsqu'elle a quitté la maison de Los Feliz, elles sont un des derniers signes qu'elle a connu, un jour, une certaine aisance. Elle pourrait dire pour chacune d'entre elles où elle l'a achetée, dans quel magasin, pour quelle occasion. Elle ne se souvient pas que Michael lui en ait offert une.

Et puis, elle enfile des chaussures à talons plats, qui ne la fatiguent pas quand elle assure son service au Joey's.

Elle s'inspecte dans le miroir en pied, non pour vérifier qu'elle serait susceptible de plaire, mais pour s'assurer qu'elle n'a pas commis de faute de goût, qu'elle est vêtue dignement, en rapport avec son âge. Elle vise une certaine frugalité. Rien ne lui importe davantage que la simplicité, l'effacement.

Elle détesterait être de ces femmes apprêtées, trop coiffées, trop maquillées, tape-à-l'œil, qui mettent en avant leur poitrine, choisissent des tenues suggestives, cherchent à paraître plus jeunes, à attirer les regards, marchent dans la rue comme si elles défilaient, nombreuses dans cette ville où les apparences comptent plus que tout. Pour autant, elle nourrit une admiration secrète pour ces femmes-là, qui n'ont pas ses préjugés, utilisent toutes les armes à leur disposition, et qui probablement ne sont pas enfermées dans sa solitude à elle. Elle a appris à ses dépens que, parfois, l'audace paie. Elle n'est pas audacieuse. Mais il n'est franchement plus temps pour les regrets.

Avant, il y avait le journal sur le paillasson. Elle aimait ouvrir la porte de la maison, faire entrer le soleil, humer l'air du jour, jeter un coup d'œil au voisinage, apercevoir Teddy Robinson en train de jardiner, Nathan Dratler s'engouffrant dans sa voiture, et puis se baisser, ramasser le journal, *USA Today*, ne même pas retirer la bande où le nom de son mari était inscrit, et regagner la cuisine afin de déposer le précieux paquet sur la table. Parfois, son attention était attirée par un titre, incomplet, ou une photo, parcellaire. Et dans ce cas, elle dépliait le journal, parcourait la première page, et ne pouvait s'empêcher de consulter la dernière, celle de la météo, où Los Angeles apparaît dans la zone rouge presque invariablement. Puis, elle le repliait, allait même jusqu'à replacer le bandeau, afin que Michael ait l'impression d'être le premier à découvrir les nouvelles.

Aujourd'hui, il y a sans doute toujours un journal sur le paillasson. Mais ce n'est plus son paillasson et c'est une autre qui le ramasse. Parfois, ce genre de détail lui revient, sans qu'elle le fasse exprès (ça surgit, elle n'y est pour rien, elle n'a rien commandé), lui provoquant aussitôt un haut-le-cœur, un étourdissement. Ce sont les détails qui causent les plus grandes violences. Ce sont les choses anodines, connues ou appréciées d'elle seule, qui lui manquent le plus.

Un jour, elle a raconté cette histoire à sa voisine Julia, qui lui a répondu, en lui montrant d'un hochement de tête l'ordinateur posé sur le bureau, qu'elle n'avait qu'à aller sur le Net pour prendre connaissance de l'actualité. Julia n'a pas compris que Laura se moque de l'actualité. Qu'aucun ordinateur au monde ne remplace le geste parfait qui consiste à ramasser un journal sur le seuil de la maison, dans le petit matin.

Cet ordinateur, c'est Vincent qui le lui a installé il y a quelques mois. Il venait de s'acheter un nouveau Mac, il a refilé l'ancien à sa mère. Et s'est occupé d'abonner celle-ci à AOL, de lui ouvrir une messagerie, de la relier au monde en somme. Cependant, l'ordinateur lui semble encore une bête curieuse, elle n'en maîtrise toujours pas le maniement, ce qui a le don d'exaspérer son fils. Ce matin, néanmoins, elle fait l'effort de l'allumer, non pas pour s'enquérir des dernières informations (elle devine que partout, on parle de l'élection) mais pour vérifier si elle a reçu des messages. Désir biscornu, quand on y songe. Car, si personne ne lui a fait signe, peut-être en sera-t-elle sinon blessée, au moins déçue, et renvoyée à son isolement. Si, en revanche, on lui a écrit et qu'elle doive répondre, sa réponse alors aura un goût sinistre, saumâtre, un goût d'outre-tombe, puisqu'on la découvrira, selon toute vraisemblance, après son décès. Assise devant l'écran, le seul mail qui lui parvient a été expédié par la librairie Borders (elle a confié son adresse un jour où elle achetait un livre) : on lui propose des stylos à – 20 %. Elle ne trouve pas la force de sourire. Ni celle de pleurer.

Elle demeure quelques instants assise devant l'écran, immobile. Comme si elle attendait que quelque chose survienne : pas un accident, non, pas un événement, rien de spectaculaire, juste un mouvement, une toute petite effraction, une preuve de vie. Depuis combien de temps Laura Parker se tient-elle ainsi : attendant que quelque chose survienne ?

Enfant déjà, elle pouvait rester des heures sur la balançoire, les jambes dans le vide, légèrement ballottée. Ou bien sur le banc en bois de la véranda, étendue de tout son long sur le dos, contemplant les plantes en pot suspendues, accrochées à des chaînes, sur lesquelles sa mère veillait amoureusement. Ou encore debout au milieu du salon, dans la maison désertée, avec une poupée pendant au bout de son bras. Mais alors elle savait qu'elle allait grandir, puis devenir une femme, qu'elle avait la vie devant elle, que le futur, même incertain, était forcément bourré de promesses. Attendre, c'était espérer. Aujourd'hui, tout espoir a disparu. Elle n'est plus la fillette silencieuse et confiante. Elle est une femme devant un écran d'ordinateur où ne s'affiche aucun nouveau message.

Et puis rien. Rien d'autre que ça, l'apathie, la torpeur.

Elle se demande comment elle faisait, quand ses enfants étaient à l'école, son mari au travail. À quoi elle occupait son temps. Elle ne se souvient de rien de précis, elle aurait du mal, spontanément, à caractériser son activité, sait juste que ça ne ressemblait pas à une vacance, pas du tout, elle pourrait même assurer qu'elle s'affairait, n'ayant presque pas une minute à elle. Sans doute devait-elle faire des courses, un peu de ménage, un peu de rangement, de la décoration, entretenir des meubles, nettoyer de l'argenterie, lire des romans, téléphoner à des amis, à sa mère, se rendre au collège, parler aux professeurs, veiller au check-up annuel des gamins, les amener au sport, tailler la haie, les rosiers, payer les factures, acheter des rideaux, remplacer la vaisselle cassée, repasser des chemises, disposer des fleurs dans un vase, réserver des vacances, vernir ses ongles, boire des verres d'eau fraîche, s'exposer au soleil, faire du vélo d'appartement, saluer le pasteur, mettre de l'ordre dans le garage, étiqueter des conserves, voilà, ces choses-là, qui doivent être faites, que quelqu'un doit faire. En tout cas, elle n'était jamais dans le désœuvrement, l'inutilité. Là, maintenant, oui.

Là, maintenant, c'est un engourdissement de tous les membres, une ankylose. Comme si elle était enveloppée de froid, voilà, comme si le froid s'était immiscé dans la maison, puis en elle, alors que, sur les carreaux de la fenêtre, les rayons du soleil font miroiter la poussière. C'est une sorte d'impuissance, de frigidité.

Et c'est l'ennui. Une impression de vacuité, de lassitude. Les minutes qu'elle commence à compter, qui n'avancent pas ; et rien à faire, rien à entreprendre. Alors, peu à peu, ça devient une mélancolie, une langueur. Elle se sent assaillie comme on l'est par une vague molle, qui toujours revient, entêtante, énervante. Cherche une échappatoire, quelque chose qui aurait un intérêt, qui la ramènerait vers le plaisir, mais ne trouve pas. Et ça se transforme en morosité, en cafard. Elle s'en veut. Elle s'en veut que ça soit à l'œuvre et de ne pas parvenir à s'y opposer, n'ayant jamais été de ce genre-là, à céder au spleen. Elle a vu parfois des femmes neurasthéniques, dont le regard était presque mort, et tous les gestes pénibles. Et les a regardées avec compassion, comme on le fait d'un malade. Elle se fait horreur à penser qu'elle pourrait leur ressembler, ne serait-ce qu'un instant, refusant d'être gagnée par le dégoût ou la nostalgie. Pourtant, au fond, elle sait que c'est cela précisément qui survient. Et que c'est pour cette raison qu'elle a décidé d'en finir.

Elle se redresse sur sa chaise, dans un réflexe où entre de la fierté, referme l'ordinateur et se lève. Ça suffit. Il n'est pas encore l'heure.

Du reste, quelle heure est-il ? 9 h 15, c'est-à-dire 12 h 15 à New York. Le moment de la pause déjeuner pour Arthur, lequel a choisi, il y a déjà deux ans, de s'exiler sur la côte Est afin de poursuivre des études (le but non avoué mais bien réel était plutôt de quitter la maison, de s'éloigner de l'atmosphère étouffante d'un foyer éclaté, d'aller voir ailleurs – et tant qu'à partir, autant jeter son dévolu sur une ville de culture et d'action, c'est-à-dire l'inverse exact de Los Angeles). Elle s'est promis de l'appeler, pour prendre de ses nouvelles, comme elle le fait régulièrement ; pour parler du temps qu'il fait, aborder les sujets sans importance, ceux qui ne fâchent pas. Elle s'est promis d'entendre sa voix au bout du fil une dernière fois, et de ne pas craquer. Car toute la journée sera remplie de dernières fois, elle a donc intérêt à se montrer forte. Mais, bien sûr, la dernière conversation avec son fils aîné, ce ne sera pas anodin.

Samuel

Samuel Jones n'aura eu qu'un enfant : Paul. Après, ce n'est plus jamais arrivé. Soit il a rencontré des femmes avec qui il n'a vécu que des aventures sans lendemain et dans ce cas il n'a jamais été question d'enfant et il s'est arrangé pour que ne se produise aucun accident, soit il s'est méfié dès que les choses sont devenues un peu sérieuses et a filé sans exiger son reste. La règle : ne rien construire avec elles, et, en tout cas, pas un foyer. Chat échaudé craint l'eau froide, prétend le dicton populaire. Il y avait de ça, évidemment. Plus une histoire familiale qui ne le disposait guère à croire en la félicité conjugale. Plus une inaptitude certaine aux attachements, entretenue par la crainte insidieuse que ces attachements ne deviennent des engagements (à cela, au moins, il aura été fidèle : le refus des chaînes).

Il aurait pu, pourtant, vouloir recommencer, avoir un autre fils, ou une fille. Après tout, il adorait Paul, il était même fou de lui, c'était un amour incroyable, un amour qui le remplissait, si fort et si pur qu'il aurait pu être tenté d'en désirer davantage, mais non, il ne l'a pas fait, n'ayant jamais vaincu une sorte de réticence, comme si le premier échec conditionnait forcément tous les autres, comme s'il était persuadé que ça ne pouvait pas réussir.

Et, au fond, il est vieux jeu, estimant qu'il est préférable qu'un enfant ait son père et sa mère réunis, que les séparations n'aident pas à grandir, à trouver sa place. Il n'a pas souhaité prendre le risque d'un deuxième enfant qui n'aurait connu que les gardes alternées, les conversations téléphoniques sommaires entre ses géniteurs, et les mauvais souvenirs rabâchés. Oui, lui, si progressiste, si libéral, si peu soucieux, a priori, de respecter les codes, a considéré qu'il ne devait pas déroger au modèle millénaire (le fait qu'il soit millénaire pouvant valoir démonstration qu'il fonctionne). Si peu confiant dans sa capacité à le faire fonctionner, ce satané modèle, il a choisi de renoncer.

Et puis, s'il est parfaitement honnête, il reconnaîtra que son mode de vie bohémien n'était, de toute façon, pas très accordé à une aussi vaste responsabilité, une aussi grande exigence. Un fils, c'était amplement suffisant.

Sauf qu'aujourd'hui, il n'y a plus d'enfant. Plus rien. Plus personne. Seulement une béance affreuse, une disparition qui le laisse sidéré, une absence si lourde qu'elle en devient plus encombrante que n'importe quelle présence. Aujourd'hui, il ne reste que la tristesse, un accablement, un chagrin violent dont il ignore encore comment le surmonter, un jour. Il a toujours cru que ça durerait éternellement, ce lien, le sang, père et fils, les années qui passent, le monde qui change, l'entièreté des choses autour bouleversée sauf ça, précisément, le lien, le sang, père et fils. Il y a eu, bien sûr, des incompréhensions entre eux, des batailles quelquefois, des mutismes, des éloignements mais cela n'a jamais duré, surtout cela n'a jamais entamé l'essentiel, seule l'écorce a été endommagée, le noyau, lui, est demeuré intact. Donc, il lui faut apprendre à continuer avec cette remise en question existentielle, avec cette modification radicale, sans équivalent. Il ignore s'il en est capable. N'y a jamais réfléchi. Il est absolument désarmé, absolument nu, à la merci de toutes les adversités, risquant d'être emporté, balayé. Il se demande même comment il tient encore debout, dans la bourrasque. Tient-il d'ailleurs debout ou n'est-ce qu'une illusion ? une apparence ? Tout n'est-il déjà plus qu'un effondrement, un petit tas de cendres, habilement dissimulé ? Aujourd'hui, il n'y a plus d'enfant. Il est le père orphelin. Le père sans descendance. Il est dans la stupéfaction de se découvrir sans descendance.

Il y a autre chose évidemment. Qu'il a tant de mal encore à formuler correctement, qui l'effraie, le paralyse. Quelque chose, oui, c'est ça, de presque indicible, et d'effroyable. Et qui tient aux circonstances de la mort de Paul.

Samuel voudrait ne retenir que la mort elle-même. En soi, elle est le plus grand événement. La catastrophe absolue. Une information si énorme qu'aucune surenchère n'est possible. Et pourtant. Pourtant, il y a peut-être pire. Pire que la mort elle-même. Plus terrifiant. Plus sombre. A-t-il déjà fréquenté un lieu plus sombre, tutoyé un abîme aussi profond ?

Les mots qui racontent ces tréfonds, il les a tournés dans sa tête, des dizaines de fois depuis cinq jours, depuis qu'il a appris la nouvelle. Les mots, ce sont ceux qu'un policier, un homme dont il ne se remémore pas le visage, ni même la voix, un homme incertain, a articulés devant lui, qui l'ont plongé dans l'incrédulité d'abord, l'ont conduit aussitôt à nier, à nier de toutes ses forces, à refuser dans un cri, avant qu'il soit obligé d'admettre que c'était bien la vérité qu'on lui assénait, la vérité toute nue, affreuse, la vérité des faits, incontestable, les mots l'ont alors plongé dans l'effroi, la stupeur, tel un boxeur qui reçoit un K.O. et reste étrangement debout, un poulet à qui on coupe la tête et qui continue sa course folle, cela à peu près, au bout de quelques instants il s'est effondré tout de même, tombant à genoux, hébété, pensant ne jamais pouvoir revenir d'une hébétude pareille, et puis il s'est relevé, on se relève toujours paraît-il, ou on a un sursaut de dignité, il y a eu des gestes réconfortants, des tapes sur l'épaule, un café proposé, une pièce à l'écart, puis sont venus les interrogatoires, le temps administratif, les recoupements, les vérifications, la compassion n'a pas duré longtemps, après il est rentré chez lui, prostré, il n'est sorti de la prostration qu'au bout de vingt-quatre heures, il a alors accepté de répondre au téléphone qui sonnait sans arrêt, et il a donc prononcé ces foutus mots, les mots du premier policier, de l'homme incertain, nimbé d'un brouillard pour toujours, il a dit : « Paul s'est suicidé. »

Et ç'a été un déchirement, une lacération de prononcer ces mots-là. Il a eu le sentiment qu'une lame l'éraflait, puis repassait sur les chairs à vif, provoquant une intolérable brûlure. Il s'est senti tailladé, voilà. « Mon fils s'est suicidé. »

Cinq jours plus tard, c'est toujours la même lame qui le brûle. Toujours les mêmes chairs à vif.

Laura

Arthur est né en 1985, un an après que Laura a épousé Michael. Un enfant presque accidentel, parce que survenu trop tôt. Évidemment, ils en voulaient des enfants, avaient prévu d'en avoir, mais l'idée, c'était d'attendre deux ou trois années, afin que le couple soit installé, que la situation de Michael soit stabilisée. La nature en a décidé autrement. Ils ont été de jeunes parents.

Laura est restée au foyer pour s'occuper de lui : l'allaiter d'abord, l'aider à faire ses nuits, à faire ses dents, calmer ses fièvres, lui donner le bain, le langer, le nourrir, le faire grandir quoi. Jamais il n'a été envisagé qu'elle prenne un travail, gagne un salaire, confie son fils à une crèche, passe le récupérer le soir. Jamais. Ça n'est même pas venu à l'idée de Michael, lui-même élevé selon ces principes. Et puis, de toute façon, un deuxième fils est arrivé deux ans plus tard. La question n'avait plus aucune chance d'être posée.

Cela convenait à Laura, qui a aimé passionnément être mère. Elle n'a pas songé qu'un jour, peut-être, cela lui créerait des difficultés d'avoir arrêté ses études, de ne jamais avoir travaillé, d'ignorer ce que c'est un patron, des horaires, une fiche de paie, de ne savoir rien faire. Rien d'autre qu'élever des enfants.

Elle se souvient de tout ce qui se rattache à ses fils. Si, dans d'autres domaines, sa mémoire est parfois floue, elle n'a, en revanche, rien oublié des années avec eux. Elle possède un album de photographies, volumineux, qu'elle consulte de loin en loin, qui raconte ces années-là, dans le détail, mais le véritable album, il est dans sa tête, les images sont mentales, indélébiles, incroyablement nettes, et ordonnées. Elle revoit Arthur emmailloté le tout premier jour à la maternité (elle a eu alors la certitude heureuse et absolue que son existence venait de changer radicalement), ses premiers pas dans le jardin de Los Feliz (elle avait peur qu'il ne se fasse mal en tombant), sa façon de se pencher sur le berceau de son petit frère (elle a pleuré en les contemplant, ses deux amours, a été littéralement secouée de larmes), ses débuts sur un tricycle (et sa maladresse soudain rattrapée par un sens parfait de l'équilibre), son premier jour de classe (leur silence à tous les deux, la mère et le fils), la varicelle, les culottes courtes, le chapeau de cow-boy, ses sauts joyeux dans l'océan depuis le ponton à Newport Beach chez ses grands-parents, son air sérieux sur le banc d'une église un jour de noces (Vincent, lui, était très dissipé), un poignet cassé à dix ans (et la cicatrice qui subsiste sur le chemin des veines), le duvet de moustache à quatorze ans, sa croissance d'un coup un été, les soirées passées sur une console de jeu, une engueulade de son père parce qu'il était rentré trop tard, un baiser surpris avec sa petite amie sous le porche (elle s'était sentie de trop, indécente), sa façon de regimber au supermarché, de marcher deux pas derrière elle dans la rue quand il est devenu trop grand, ses bons résultats au collège, son départ pour New York, et son cœur déchiré à elle, ce jour-là, le jour où elle l'a perdu. Oui, elle se souvient de tout.

Elle pourrait établir le même inventaire à propos de Vincent. Bien que différent de son aîné, il a suivi à peu près le même parcours. Quoi qu'on en dise, les enfants empruntent tous un chemin assez balisé : les détails varient, l'essentiel est le même.

Elle n'a oublié aucune sensation. Ni les élans, ni les inquiétudes. Ni les attendrissements, ni les agacements. Ni l'énergie, ni la fatigue. Ni les joies, ni les chagrins. Elle sait que la balance penche du bon côté. Qu'elle a été incroyablement heureuse, et que ses enfants sont deux belles personnes qui font sa fierté.

Alors, à la fin, elle ne regrette rien. Elle ne regrette pas de leur avoir sacrifié son propre destin, ses chances d'une vie autonome, libre (du reste, elle n'a jamais eu l'impression d'un sacrifice, ni celle d'un enchaînement, même si, à y regarder de près, il s'agit de ça). Elle ne regrette pas d'avoir été bien davantage une mère qu'une femme. Si c'était à refaire, elle ne changerait rien. Et elle se tuerait tout pareil.

Elle doit appeler Arthur.

A-t-elle déjà composé un numéro de téléphone avec autant de fébrilité ? Il y a eu, bien sûr, des circonstances dans sa vie où le poids de l'enjeu l'a obligée à dominer sa respiration, à s'assurer que ses jambes n'allaient pas flancher (son mariage, par exemple, à l'instant de marcher vers l'autel – c'est extrêmement banal). Il y a eu aussi des situations d'une telle violence (psychologique) qu'elle a dû chercher appui afin de ne pas s'écrouler tout bonnement (l'annonce de la mort de son petit frère, notamment – elle ne s'en est, du reste, jamais tout à fait remise). Mais là, il s'agit d'autre chose. Elle va faire ses adieux à son fils et il devra n'en rien deviner.

La sonnerie de l'appel, cette tonalité assourdie, ces quatre notes longues et espacées, cela retentit dans son oreille et de l'autre côté du pays. Quand la quatrième note arrive, elle croit qu'Arthur ne va pas répondre, que la messagerie va s'enclencher, et n'a pas prévu cette hypothèse, c'est trop bête, elle s'en veut, que va-t-elle dire s'il lui faut parler après le bip sonore, toutefois avant qu'elle ait le temps de céder à la panique, elle entend un « Allô » presque aboyé et répété, comme lorsqu'on décroche de justesse et qu'on n'est pas certain de ne pas avoir manqué l'appelant, elle reconnaît la voix de son aîné lorsqu'on le dérange, cette voix qui était la sienne à l'adolescence les matins où il avait du mal à se réveiller, et en est aussitôt émue, et elle sait qu'elle ne devrait pas. Elle dit : « C'est maman. » Elle dit cette phrase absurde (son identité s'affiche sur l'écran d'Arthur) et enfantine (parce qu'elle renvoie à une époque révolue – un jour, on cesse d'être « maman », on devient « ta mère »), et redoute qu'il s'en agace, mais non, il ne dit rien, ou plutôt il dit simplement : « Ah c'est toi, comment ça va ? », dans une formule convenue et un peu menteuse (il ne peut ignorer que c'est elle à l'autre bout du fil). Et elle, ça la rassure, cette convention, elle préfère se retrouver en terrain connu, ainsi les choses sont à leur place, chacun est dans son rôle. Elle dit : « Bien. Ça va bien. » Dans le ton, elle met la désinvolture nécessaire, presque de l'inadvertance. Après tout, la question n'est qu'une formule de politesse et la réponse n'est pas destinée à surprendre. Du coup, elle est satisfaite de ne pas avoir trahi sa nervosité. Ensuite, ça déroule, les échanges sont insignifiants, hésitant entre la platitude et le poncif. Pas d'originalité, tout est rebattu. La mère et le fils comparent le temps qu'il fait sur leurs côtes respectives, le fils nomme les cours auxquels il doit assister l'après-midi, la mère explique qu'elle prendra son service à 11 heures comme si cette information n'était pas connue de lui (il ne ponctue pas, à quoi bon ?). Tout de même, ils évoquent l'élection, le fils est très excité, il est déjà allé voter, il y avait un monde fou, mais, sentant que sa mère ne prend pas toute la mesure de l'enjeu, il n'approfondit pas, s'en tient à la surface, et c'est cela qui la mine, la dévaste sans qu'elle en laisse rien paraître : depuis des années, ils s'en tiennent à la surface, leurs conversations sont des babillages, sans consistance, qui ne touchent jamais à l'intimité, ne font jamais appel à l'intelligence. Pourtant, ils s'aiment ces deux-là, en tout cas la mère aime son fils et le fils éprouve une grande tendresse, ils pourraient donc aller au fond des choses, tenter de vraies discussions, mais la distance s'est creusée entre eux, et n'est pas seulement géographique, et puis les mères ne sont pas faites pour les conversations sérieuses, politiques, ce n'est pas leur fonction, et surtout il y a eu trop de pudeurs, de silences, d'occasions manquées, ils sont si habitués à ne rien se dire, ne voulant ni se confronter ni se dévoiler, désormais c'est trop tard, ils sont empêtrés dans leurs manières d'être, incapables d'en changer, et de toute façon absolument pas désireux d'en changer, ils ne rattraperont pas le temps perdu. Et elle songe que c'est sa faute, forcément, s'ils n'ont pas su créer une connivence, une confiance. Elle s'est trop tenue en retrait, un peu comme si elle était une intruse. Elle a trop privilégié la discrétion, trop prôné la réserve. Il faut dire qu'elle a toujours été effrayée par les débordements. Il n'y a pas eu de crises chez elle, dans son enfance, pas d'effusions, pas d'excès. Elle a reproduit le modèle familial, préservé la tradition du calme. Et s'en veut un peu aujourd'hui. Elle aurait aimé pouvoir dire à Arthur combien elle l'aime, combien il lui manque, combien elle est fière de lui. Elle dit : « Bon, je vais te laisser. J'ai du rangement à faire. » Et lui, il répond : « D'accord. À bientôt. » Et il raccroche, sans même l'embrasser (probablement pour la pire des raisons : il n'y songe pas). Et elle reste là, les bras ballants, le téléphone encore dans sa main droite. En elle-même, elle se répète : je ne dois pas pleurer. Je ne dois pas pleurer.

Samuel

À l'instant où il regagne la maison, après avoir abandonné sur la terrasse sa combinaison et sa *longboard* afin qu'elles sèchent au soleil, il entend la sonnerie du téléphone. Une sonnerie qui lui a toujours semblé familière et qui, depuis quelques jours, est une sorte d'agression ou de menace. Il se saisit du combiné, le nom de Claire y apparaît en cristaux liquides. Il sait déjà ce qu'elle va lui dire, en est déjà agacé, mais il ne servirait à rien de ne pas décrocher, il la connaît par cœur : elle rappellera tant qu'il ne lui aura pas répondu. Et puis, il a décidé depuis longtemps de ne plus lui faire la guerre. Entre eux, désormais, une paix résignée a été décrétée, une intimité ramenée au strict minimum qui, au fond, ne concernait que leur fils. Il songe : une fois que les obsèques seront passées, cessera-t-elle de m'appeler ? Puisqu'ils n'auront cette fois pour de bon plus rien en commun.

Curieusement, cette perspective l'effraie, il s'est accoutumé à ses coups de fil hebdomadaires, à leur froideur réciproque, à leurs échanges brefs et ne portant que sur des questions matérielles, elle est presque l'unique repère dans son existence volontiers vaporeuse, en tout cas sans contraintes, sans discipline. Demain, quand il n'y aura plus de raison de se parler, quand le seul sujet de leurs conversations aura définitivement disparu, est-ce que ça ne va pas lui manquer ? Il ne dit pas : est-ce qu'elle ne va pas lui manquer ? Il y a belle lurette que tous les sentiments se sont éteints, y compris l'antipathie, ou la rancœur. La rupture de ce lien nécessaire et irritant ne va-t-elle pas le désarçonner ?

Perdu dans ces considérations, il en oublie la sonnerie du téléphone, ou plutôt elle ne constitue plus qu'un bourdonnement irréel à ses oreilles, comme on en entend quelquefois dans les cauchemars, quand la chambre n'a plus les mêmes dimensions, que tous les gestes sont entravés, et le corps lourd comme une pierre. La sonnerie continue de retentir, Samuel a toujours refusé de s'acheter un répondeur, de la même manière il ne possède pas de téléphone portable, il doit être le seul Américain dans ce cas, ça a toujours rendu folle Claire qui ne cessait de lui répéter : « Et s'il arrive quelque chose à Paul, si j'ai besoin de te joindre en urgence, on fait comment ? », ce à quoi il avait répondu : « Je ne sors presque jamais, sauf pour aller faire du surf, franchement ce n'est pas compliqué de me trouver. » Du reste, quand les policiers ont eu besoin de le joindre pour lui expliquer qu'un accident était survenu et qu'il devait se présenter au poste au plus vite, il se trouvait chez lui. Le portable de Claire, lui, était éteint. Elle n'avait appris la mort de son fils qu'avec deux heures de retard. Entre-temps, Samuel avait écouté ce que la police avait à lui apprendre.

Claire insiste. Elle doit penser : il n'est pas réveillé, il doit cuver je ne sais quelle cuite. Alors elle laisse sonner avec l'espoir que cette stridence régulière le tirera de sa léthargie, de sa gueule de bois. Et pester à l'autre bout du fil, ruminant l'inconséquence de son ex-mari, sa puérilité, agaçantes d'ordinaire, intolérables en un jour comme celui-ci. Dans le meilleur des cas, elle imagine qu'il est sorti surfer. Une habitude qu'il avait déjà lorsqu'ils habitaient Venice Beach, juste après leur mariage. Et qu'il avait inculquée à son fils, dès l'âge de cinq ans. Elle se rappelle ce soir où Paul, revenant d'un week-end chez son père, avait annoncé fièrement : « Papa m'a acheté une planche. » Elle en avait été accablée, avait appelé immédiatement Samuel pour lui formuler son désaccord : « Il est trop petit. Et franchement, tu crois qu'il n'a pas autre chose à apprendre que le surf ? » Samuel avait répondu : « Depuis quand ça fait du mal aux enfants de se baigner et de faire du sport ? Et puis, toute la semaine, il vit en ville ; l'air du large, ça ne peut lui être que bénéfique. » Elle avait abdiqué aussitôt, jugeant à raison le combat perdu d'avance.

« En ville », c'est West Hollywood, où Claire habite, avec son nouveau mari, et ses autres enfants. En fait, elle a emménagé là-bas tout de suite après leur séparation : l'autre homme était déjà entré dans sa vie, les deux fillettes sont arrivées après. Elle est employée à la mairie, Dillon aussi. Du reste, un jour où Claire, excédée par on ne sait plus quoi, demandait à Samuel si c'était une bonne chose que son fils soit élevé par un peintre hippie sans le sou, celui-ci lui avait demandé en retour si c'était bon qu'il soit élevé par deux employés de mairie. Ils n'en avaient plus reparlé.

Samuel se décide à décrocher.

Jusqu'à quel point une voix peut-elle être familière ? Non, il faut formuler autrement, dire : il est des voix totalement identifiables, sur lesquelles aucun doute n'est possible ; inoubliables. Il pourrait arriver n'importe quoi, le passage d'un paquet d'années, une perte de mémoire accidentelle, une surdité légère, ces voix-là, on les reconnaîtrait, on saurait affirmer sans risque de se tromper à qui elles appartiennent. Elles convoqueraient aussitôt des images, ces voix, si elles surgissaient d'un black-out, des souvenirs, ce seraient comme des flashs, des évidences. Et quand elles se répètent avec une régularité métronomique, alors là, impossible d'y échapper, impossible d'hésiter. Même lorsqu'elles sont voilées par un rhume, un réveil trop récent, ou l'obligation de parler bas, même lorsqu'elles sont couvertes par une musique, un tintamarre, on sait, c'est tout. On en a combien, des voix comme celles-là, dans sa vie ? Deux ? Cinq ? Ce sont souvent les voix familiales : une mère, une épouse, un enfant. Parfois des voix amoureuses : une femme. Parfois encore des voix amicales ; c'est plus rare. Pour Samuel, Claire est une voix définitive.

Elle dit : « Je te réveille ? » Il répond : « Non. Je suis levé depuis une heure au moins », comme s'il se sentait encore tenu de justifier son emploi du temps devant elle. Après, normalement, viennent les formules d'usage : « Bien dormi ? Tu fais quoi de beau ? Prévu quelque chose ? », ces questions qu'on pose machinalement, sans attendre de réponse, puisqu'on se moque de la réponse, de toute façon, et parce que personne ne délivre autre chose que des banalités. Personne ne dit : « Je vais très mal. Je vais me pendre », sauf à être parfaitement dépressif, ou à vouloir attirer l'attention, ou à être un geignard professionnel. Tout le monde dit qu'il va bien. Tout le monde est élégant. Sauf qu'aujourd'hui, ces questions ne peuvent pas être posées. Hors sujet. Elles auraient quelque chose de tout à fait obscène. Alors il faut en trouver d'autres, auxquelles on n'a pas pensé. Ou bien aller directement au sujet qui nous préoccupe. Claire va directement au sujet qui la préoccupe : « Tu ne seras pas en retard... Tu te souviens que ça roule mal à cette heure-là ? Prends tes précautions, tu veux... » Elle lui parle comme à un demeuré, à un adulte demeuré dans une enfance éternelle, inapte à se fixer des règles, des objectifs, inapte par conséquent à les respecter. Il veut bien admettre qu'il vit tel un oiseau sur la branche, s'étant affranchi d'une certaine matérialité, d'une certaine rigueur, mais n'est en rien l'irresponsable qu'elle a décidé une fois pour toutes qu'il était. Toutefois, ayant cessé de se battre avec elle depuis longtemps, il a admis son jeu. Encore aujourd'hui, alors qu'il devrait être horrifié qu'elle en soit encore à s'assurer qu'il se présentera bien à l'heure aux obsèques de son propre fils, alors qu'il devrait hurler, se rebeller, crier : « Ça suffit ! Tu te rends compte de ce que tu dis ?! », il répond : « Ne t'inquiète pas, je serai là. » Comme si l'inconvenance ne suffisait pas, Claire ajoute, pincée : « Et, bien sûr, on ne pourra pas te joindre s'il y a un problème ? Tu n'as pas un ami à qui tu pourrais emprunter son téléphone pour la journée, non ? » Et lui, il met sur le compte de sa souffrance de mère une telle indécence, une telle bêtise suffocante. Il dit : « Je vais voir. » Il songe qu'elle s'est occupée de tout depuis cinq jours, les policiers, le rapport du médecin légiste, les papiers, la morgue, le transport du corps, l'organisation de la cérémonie, la crémation. Elle doit être sur les nerfs. Il sait qu'elle l'a fait parce qu'elle l'en a jugé incapable (et probablement a-t-elle eu raison), et parce que c'était plus simple qu'il n'y ait qu'un seul interlocuteur. Mais la vérité, c'est qu'elle l'a fait aussi pour elle, pour avoir l'esprit accaparé et pour ne pas se sentir parfaitement désarmée, démunie, inutile. En conséquence, il ne lui témoigne aucune animosité. Quand deux parents se préparent à rendre un dernier hommage à leur enfant mort, une dispute serait odieuse. Il répète : « Je vais voir. » Et puis, il raccroche.

Quand il se retourne vers la baie vitrée pour attraper un peu de ciel, il aperçoit le gamin en bermuda, celui qui se tenait inerte tout à l'heure. Cette fois, il pianote sur les touches d'un cellulaire. D'où vient à Samuel l'idée qu'il ne pianote pas vraiment, que c'est une imposture, qu'il fait cela pour ne pas se faire démasquer ?

Laura

Laura Parker étouffe. Il lui semble que l'appartement, déjà petit, a encore rétréci, que les murs se sont rapprochés. Elle veut le dehors, le monde extérieur, la ville. Elle jette le combiné du téléphone sur le canapé et quitte les lieux comme on s'enfuit, claquant la porte derrière elle en sortant. Dévale l'escalier, se cogne presque aux murs, dans une sorte d'affolement qui ne lui ressemble pas. Prend conscience que sa placidité n'est qu'apparente. Au-dedans, ça cogne. Elle pensait pouvoir se dominer, assumer sans états d'âme sa décision, mais, en réalité, elle est rattrapée par la pression que fait peser sur elle, inévitablement, un choix comme le sien. Et par les conséquences de ce choix.

Elle pousse la lourde porte de l'immeuble, traverse l'allée bordée de fleurs d'un pas vif et se retrouve sur le trottoir où elle s'immobilise enfin. Là, elle regarde aux alentours, tournant la tête de droite et de gauche, comme si elle cherchait quelqu'un. Mais elle n'a personne à chercher, personne qui l'attende. Une femme plutôt âgée passe devant elle, assez lentement, hoche la tête en guise de salut, et poursuit son chemin. Elle ne la connaît pas, ne l'a jamais vue. Elle a l'impression de la reconnaître pourtant, elle lui paraît familière. Et soudain, elle comprend. Elle comprend que cette femme, ce pourrait être elle-même, dans quelques années. Et sa panique, qui se calmait, reprend de plus belle. Ça l'oppresse. Ça fait comme un étau. Pourtant, c'est une oppression invisible, impalpable. Ceux qui l'observeraient en cet instant ne remarqueraient rien.

Elle doit trouver quelque chose à faire. Ne va pas demeurer plantée sur ce trottoir, pétrifiée, impotente. Pourrait se réfugier au Starbucks, dans le désordre des matins, dans la bonne odeur du café, des muffins, avec les étudiants, mais elle a encore sur l'estomac son breuvage du petit déjeuner. Pourrait marcher, dans cette mégapole où personne ne marche. En route, elle finirait bien par imaginer une destination. Mais elle n'est pas certaine que ses jambes la portent. Pourrait aller faire des courses, les magasins sont ouverts tout le temps, beaucoup de gens y tuent leur ennui, mais qu'achèterait-elle ? On ne remplit pas le frigo à quelques heures d'un suicide. Et soudain, elle a une révélation. Julia. Elle va rendre visite à Julia

Brown. Qui doit juste se réveiller à l'heure qu'il est.

C'est à deux blocs seulement. Une jolie maison discrète sur deux étages, avec une palissade, des rosiers grimpants, un jardin entretenu, un saule pleureur, une façade en bois blanc, la bannière étoilée au fronton, des fenêtres sans rideaux comme si on n'avait rien à cacher, et, sur le côté, l'allée qui conduit au garage. La concrétisation du rêve américain. À l'intérieur, de chaque côté de l'escalier qui mène aux chambres, d'une part un grand living lumineux où se font face deux canapés à fleurs, d'autre part une cuisine impeccable où jamais rien ne traîne. L'incarnation de la maison parfaitement tenue. Pourtant, Julia est un peu folle, les voisins prétendent qu'elle est « spéciale », on raconte qu'il n'est pas rare de la croiser en robe de chambre, des rouleaux dans les cheveux, tirant sur une cigarette et chantonnant, assise sur un banc, à des heures où les femmes respectables dorment. Il faut croire que ça n'empêche pas d'avoir le goût du rangement et de la propreté.

En s'approchant, Laura reconquiert son sang-froid, la modération qui la caractérise. Comme si la perspective de se frotter à l'extravagance de Julia Brown dans son foyer irréprochable avait des vertus apaisantes.

Au grand étonnement de Laura, Julia est très apprêtée. Non pas qu'elle se néglige – bien au contraire, elle est du reste une des personnes les plus élégantes parmi ses fréquentations – mais il est assez rare qu'elle soit « sur le pont » si tôt le matin – il n'est pas 10 heures. Julia, qui perçoit sa surprise, lui fournit l'explication sans qu'elle ait à la demander : elle n'a pas fermé l'œil de la nuit, s'est levée aux aurores, a eu tout le temps de se préparer. Alors que Laura l'interroge afin de savoir pour quelle circonstance elle a apporté ainsi tant de soin à son apparence, l'autre lui répond, avec une voix qui monte aussitôt dans les aigus : « Mais on n'a pas besoin de circonstances, ma chérie, pour se faire belle. » Elle ponctue cette réplique de théâtre, marquée du sceau de la coquetterie, d'une chute où l'ironie le dispute à la mélancolie : « En tout cas, pour essayer. » Et Laura songe que Julia est tout entière dans cette entrée en matière : à la fois parfaitement mondaine et parfaitement tragique.

Les deux femmes s'embrassent et la maîtresse de maison, d'un ample geste du bras, convie sa visiteuse à s'installer sur le canapé, sans s'enquérir de la raison d'une visite aussi matinale qu'imprévue. Car Julia n'a pas besoin qu'on lui explique. Elle comprend les choses d'instinct, perçoit, presque de façon animale, les frémissements et les vacillements, elle entend ce qu'on ne dit pas, devine ce qui est sous-jacent, est aveuglée par l'invisible. Pas si folle que ça. Ou alors, justement, tout à fait illuminée, comme le sont certaines diseuses de bonne aventure qui prétendent lire dans les cartes ou les boules de cristal la vie fracassée des inconnus. Julia sait que Laura n'aurait pas frappé à sa porte dès potron-minet, et sans s'être annoncée, si la tristesse, une fois de plus, ne l'avait rattrapée.

Alors elle décide de parler de tout et de rien, pour « passer le temps », pour faire passer la tristesse justement. Elle parle de ses rosiers qui lui donnent du souci, du mauvais temps qu'on annonce pour la fin de la semaine, de la nouvelle variété de sushis proposés chez Bristol Farms ; elle fait comme si la vie n'était pas une chienne. Après tout, c'est ce qu'elle fait tous les jours que Dieu fabrique, depuis que son fils combat en Irak. S'obligeant à la légèreté, à la frivolité, sauvant les apparences pour ne pas céder au désespoir. Car évidemment, elle ne pense qu'à ça, son fils à l'autre bout du monde, dans une guerre stupide, à la merci de quelques barbares, pouvant finir en bouillie à tout instant, pulvérisé par une grenade, une bombe, ou criblé des balles tirées par un furieux, un halluciné. Et évidemment, elle est rongée par l'inquiétude, minée par l'angoisse. Et, de temps en temps, ça lui fait perdre la boule, égarer sa raison, et elle se retrouve à commettre des actes bizarres, à ressembler à une gentille sorcière. Son mari vient la rechercher là où elle échoue, sur une plage de Malibu discutant avec des mouettes, à des carrefours imitant le torero face au taureau mais avec des automobiles, ou dansant sur le bord d'un précipice à Runyon Park. Le reste du temps, ça va : elle sourit, se montre affable, reçoit merveilleusement, apporte un soutien à ses amies en détresse.

Ce matin, parce que c'est tout de même la grande affaire du jour, elle s'amuse, elle que la politique rebute et que la bureaucratie de Washington indispose, elle s'amuse à dire du mal de Sarah Palin, cette mégère qui tire sur les caribous, et prétend devenir vice-présidente des États-Unis. Elle ira voter tout à l'heure, elle ira voter Obama puisqu'il a promis de rapatrier les boys, puisqu'il a promis de lui rendre son fils. Et puis, elle réfléchira à ce qu'elle fera pour le dîner : ce soir, Hank et elle reçoivent deux couples d'amis. Elle raconte tout cela sur le même ton, badin. Qu'elle dise son épouvante ou son goût pour le cake aux olives, Julia Scott ne varie pas d'un iota. Et Laura, qui a appris à la connaître, et à l'aimer, l'écoute, comme on écoute une ritournelle, mais pleine d'une immense compassion, et ne la jugeant jamais. Du reste, c'est ainsi que les rôles sont distribués : Julia parle, Laura se tait, et chacune y trouve son compte.

Il y a autre chose pour expliquer leur connivence : Laura sait les ravages que la guerre peut causer. Elle a perdu son petit frère au cours de la première guerre d'Irak, celle de 1991. Andy est mort du côté de Bassorah, sur le passage d'un camion piégé. Il est rentré en Californie dans un cercueil. La famille est allée le récupérer à l'aéroport. Il a été débarqué en compagnie de quatre autres, au milieu de deux rangées de soldats au garde-à-vous. Alors, oui, elle sait l'amputation qu'une telle disparition représente. Elle ne souhaite cela à personne, et surtout pas à Julia. Elle prie pour elle, chaque jour. Elle prie pour que le malheur lui soit épargné.

Au fond, elles sont comme des sœurs, ces deux-là, des sœurs cabossées se réconfortant dans les moments difficiles, sans pourtant jamais évoquer leurs difficultés. Julia demande à Laura combien elle met d'olives dans ses cakes.

Laura envie Julia d'avoir su garder son mari. Elle ne le formule pas de la sorte, bien entendu, mais c'est ça, la réalité. Elle regarde leur couple et ne peut s'empêcher de voir ce qu'elle a elle-même perdu, ce qui lui a échappé un jour. Elle regarde leur couple et éprouve aussitôt de la nostalgie, regrettant cette stabilité, cette sécurité. Elle a toujours considéré le foyer comme un abri. Maintenant, elle se sent démunie, offerte aux grands vents, aux tempêtes.

Cette intranquillité intime est renforcée par la nature du lien qui unit Hank et Julia : lui si attentif, bienveillant, fidèle et elle si imprévisible, vulnérable. Elle se répète : donc c'est possible, possible d'avoir un mari qui s'intéresse à vous et ne vous met pas dehors, possible de ne pas être une épouse irréprochable, de ne pas tout faire comme il faudrait. Elle se dit : moi, j'ai été exemplaire et pourtant, on m'a renvoyée comme une domestique. Sa souffrance en est accrue d'autant.

Elle se souvient de ce soir-là, c'était en mars il y a trois ans, où Michael est rentré à la maison, a mis les pieds sous la table et dîné sans prononcer un mot devant les enfants interdits, avant de monter dans la chambre. C'est là qu'elle l'a rejoint, là, dans l'espace conjugal par excellence, là qu'il lui a dit : « C'est fini, on va arrêter. » Et elle, elle n'a pas réussi à articuler une parole. À aucun moment, elle n'avait imaginé qu'ils puissent se séparer, une telle perspective n'avait jamais traversé son esprit, c'était à des années-lumière d'elle une hypothèse comme celle-là et d'un coup, c'est devenu une évidence, une certitude écrasante. Car, tout de suite, elle a su qu'il ne lui servirait à rien de se battre, que tout était consommé. Elle en a été aveuglée. Donc le mutisme a d'abord été imposé par la surprise et l'assurance de la défaite l'a ensuite rendu nécessaire.

Après, plus tard, il y a eu des explications. Elle a appris, pour l'autre femme. Elle en a été blessée, évidemment, mais il s'est agi pour elle de détails, de contingences. À ce moment-là, de toute façon, Michael lui avait déjà commandé de faire ses valises.

Julia sait que la douleur, ou plutôt une sorte de neurasthénie, ne quitte jamais son amie. Elle a essayé à maintes reprises de la raisonner mais rien n'y a fait. Désormais, elle se contente d'attendre que le temps fasse son œuvre. Elle trouve néanmoins qu'il en met du temps, le temps. Alors, elle est présente pour Laura, autant qu'elle le peut, prévenante, disponible. Elle s'emploie, avec la seule arme dont elle dispose, sa fantaisie, à lui faire occulter, au moins pendant leurs conversations, la morsure de l'absence et la mortification du déclassement.

Aujourd'hui, pour la première fois, Julia va plus loin, et se livre à un aveu aussi inattendu que périlleux. Elle dit : « Je ne sais pas si c'est une bonne chose que nous soyons encore ensemble, Hank et moi. » Et, aussitôt, le visage de Laura marque la stupeur. L'autre précise sa pensée : « Au fond, s'il reste avec moi, c'est parce que je suis un peu cinglée, comme un médecin qui n'oserait pas se débarrasser d'une malade. » Laura est abasourdie. Julia porte l'estocade : « Et puis, la dernière chose qui nous lie, c'est notre fils. Imagine qu'il meure. Il ne nous restera plus rien. Que le chagrin. Et, probablement, une rancœur qui deviendra petit à petit de la haine. » Laura paraît aussi éberluée, abrutie qu'on doit l'être après un attentat, une dévastation. De son côté, Julia a repris ce petit air inquiétant, où l'on sent poindre de la démence. Du reste, ayant poursuivi sa pensée, elle ajoute : « Vraiment, je me demande si on ne ferait pas mieux de se séparer. »

Un silence s'installe, dense, épais. Laura songe à l'écroulement des apparences, au vacillement des croyances. Elle aimerait tant qu'il demeure quelques dogmes, quelques principes intangibles, mais tout lui semble friable, bâti sur du sable. D'ailleurs, le pays lui-même ne retient-il pas son souffle, ignorant de quel côté il va tomber ? Sur le canapé fleuri, en face d'elle, Julia chantonne, absente à sa propre existence. Puis revient à elle, brusquement, sans que rien l'ait laissé prévoir. Elle dit : « Une autre tasse de thé ? » Laura contemple leurs mains vides. Elle dit : « Tu es gentille, mais je vais rentrer. Je prends mon service dans une demi-heure. »

Sur le seuil de la porte, les deux femmes s'embrassent et qui sait si Julia ne se rend pas compte qu'il s'agit d'un adieu ?

Samuel

Quand il a rencontré Claire, Samuel avait vingt ans. Il était encore le jeune homme mal dégrossi du Mississippi. Le type avec des rêves et pas beaucoup de plomb dans la tête. Encore émerveillé d'avoir réussi à ficher le camp, et de se retrouver là, en Californie. D'abord, il a essayé de vivre *Downtown*, mais très vite les tours l'ont angoissé, et le brutal et inquiétant silence de la nuit après l'agitation du jour l'a convaincu de ne pas rester. Alors il a émigré à Venice Beach, où se retrouvent les « artistes », c'est ce qu'on lui avait assuré. Il a dégoté un petit appartement le long du canal (pas le riche, pas le beau canal, non, celui où les eaux sont partiellement asséchées mais bien quand même), il était heureux, le matin quand il se réveillait il éprouvait un tel sens des possibles, il avait la sensation que l'avenir lui appartenait. C'était la jeunesse, tout bêtement, mais ça, il l'ignorait. Après, c'est passé. Très vite, il a été trop tard. Ça, il a fini par le comprendre.

Bref. Un après-midi de juin, il se promène sur le front de mer, où les Blacks jouent au basket, refourguent de la musique, où les Latinos proposent des tee-shirts et des lunettes de soleil bon marché, où la marijuana est en vente libre sous prétexte qu'elle posséderait des vertus médicinales, où de vieux hippies aux cheveux décolorés tentent de retenir les années joyeuses dans un rictus béat permanent, où les touristes s'agglutinent lorsque l'été arrive, il marche au milieu de cette faune devenue familière, puis bifurque sur Pacific Avenue pour échapper à sa moiteur, et là, il voit la fille, derrière la devanture. Elle est serveuse au Café Collage. Elle n'a pas vingt ans. Il songe qu'il ne l'a jamais remarquée avant. Pourtant, il passe là tous les jours, il lui arrive même de s'arrêter prendre une bière. Comment a-t-il pu la manquer ? Elle doit être nouvelle. Ou bien, elle est incroyablement discrète. Elle pourrait être incroyablement discrète. Ce qui lui plaît chez la fille ? Sa tristesse. Oui, ça peut paraître bizarre, mais c'est ça exactement. Sa tristesse. Pas sa lassitude. La lassitude des serveuses quelquefois. Non. Pas sa fatigue, non plus. En fait, la fille donne l'impression d'avoir pleuré. Alors il entre dans le café, s'assoit, et quand elle s'approche pour prendre sa commande, c'est la question qu'il lui pose : « Vous avez pleuré ? » Elle le regarde avec curiosité, interloquée. Puis elle sourit comme on sourit dans les larmes et dit : « Ça se voit donc tant que ça ? » Il répond : « Non, regardez les autres, ils ne se sont rendu compte de rien. Il faut être sacrément fort pour le voir. » Et elle sourit de plus belle. Et il pense qu'elle va tomber dans les larmes pour de bon, avec ce sourire paradoxal. Il pense aussi qu'il a réussi son coup. Qu'ils vont se revoir.

Ils se revoient. Il lui fait la cour longtemps. Gentiment. Patiemment. Pas du tout comme font les garçons d'habitude, qui escomptent des conclusions plus rapides. Pas du tout comme espèrent les filles, parfois, qui ont besoin de vérifier qu'elles plaisent. Il y a une sorte de courtoisie entre eux, teintée de malice (de sa part à lui), de timidité (de sa part à elle). Il lui explique qu'il vient du Sud, elle lui raconte qu'elle est née à L.A., qu'elle y a grandi, n'en est jamais partie, que Venice Beach, c'est presque son plus grand voyage. Cela dure des semaines, ce ballet charmant. Cette façon de s'apprivoiser, de retarder le moment fatidique, de ne pas se comporter comme tout le monde. Il lui montre ses toiles, elle lui dit que c'est joli, qu'elle n'y connaît rien. Il passe au café quand elle y travaille, ne la dérange pas, se contente de la contempler et repart. Il n'a pas d'amis, elle non plus. Ils sont juste tous les deux.

Un jour, ça arrive, évidemment. Un jour, ils sont ensemble, pour de bon. Ne le formulent pas ainsi mais sentent pourtant que quelque chose s'est modifié. Pour le meilleur et pour le pire. Le meilleur : c'est rassurant de savoir qu'une personne vous attend, compte sur vous. Le pire : c'est inquiétant de nouer une attache, peur de l'asphyxie. Toujours leur valse hésitation. Toujours leur authentique tendresse teintée d'indépendance farouche.

Au bout de quelques mois, Samuel se pose des questions. Il est si jeune, et elle aussi. Faut-il persévérer ? Ne vaudrait-il mieux pas profiter du temps si fugace de la jeunesse ? Il y a tellement d'autres filles. Tellement. Claire devine-t-elle ses questions ? Se pose-t-elle les mêmes ? Il ne saurait le dire. Ils font comme si tout allait bien, poursuivant cette désinvolture qui leur convient.

Et, un matin, elle se présente devant lui, penaude, les yeux boursouflés, le nez coulant (comme le premier jour dans le café), hésite, sautille d'un pied sur l'autre, tortille ses doigts comme une fillette, les mots sont au bord des lèvres mais ne sortent pas, elle hésite encore, lui il ne comprend pas du tout, il voit bien qu'elle n'est pas dans son état normal mais est incapable de formuler la bonne hypothèse, il la regarde avec insistance et bienveillance pour l'aider à parler, la prend par les épaules, se montre tendre, relève son menton, répète que « ça va aller », il n'a aucune idée de ce qui l'attend, il croit encore que rien n'est vraiment grave, alors elle dit : « Je suis enceinte. » Et c'est comme si le ciel lui tombait sur la tête. Il comprend cette expression passe-partout pour la première fois. Le ciel lui tombe réellement sur la tête. Il retire ses mains des épaules, s'affaisse un peu, le poids du ciel sans doute, sur son visage une sidération, il n'a pas vu le coup venir. Elle l'observe, angoissée, espérant qu'il ne va pas se mettre en colère, attendant de lui une réponse parce qu'elle est perdue, déboussolée. À cet instant, il ne se sent pas piégé. Non. Vraiment pas. Abasourdi, oui. Mais pas piégé. Il est convaincu qu'elle ne l'a pas fait exprès. Et il se sait aussi responsable qu'elle. Simplement, il mesure en une fraction de seconde qu'il faut prendre une décision, que c'est cela désormais qui importe : prendre une décision. Ce bébé, il serait facile de s'en débarrasser. Ils ne seraient pas les premiers, ni les derniers. Et puis, ils sont si jeunes. Fout-on sa vie en l'air pour une erreur de jeunesse ? Non, bien entendu. Pourtant, en cet instant du plus grand désarroi, tandis qu'ils sont plus démunis qu'ils ne l'ont jamais été, ils sentent au fond d'eux, l'un et l'autre, sans se l'avouer, sans se consulter, qu'ils ne vont pas être capables de le tuer, cet enfant qui grandit déjà. Il ne s'agit pas d'une posture morale, d'un choix politique, religieux, pas du tout. C'est juste une intuition têtue, impressionnante. L'intuition devient une certitude. Ils garderont le bébé. Ils l'appelleront Paul. Voilà, c'est ça, l'histoire.

Les choses se sont dégradées rapidement entre eux. Non qu'il y ait eu des crises, des disputes violentes, de l'hystérie, cette vulgarité des excès faciles mais, en réalité, ils ont admis qu'ils n'étaient tout bonnement pas compatibles et ce fut un constat presque tranquille, une résignation : trop de différences, d'oppositions, un gouffre entre eux. Lui, bohème, fuyant. Elle, concrète, trop concrète. Plutôt que de faire traîner, d'entretenir une illusion, ou de tenter de sauver ce qui, à l'évidence, ne pouvait pas l'être, ils ont préféré trancher dans le vif, comme on sectionne un membre atteint de maladie. Pour l'un et l'autre, ce fut une souffrance, parce qu'ils n'avaient pas envie que leur enfant soit la victime collatérale de leur immaturité matrimoniale, mais comment faire autrement ? Élever Paul dans une ambiance délétère eût été pire encore. Oui, il valait mieux stopper le venin avant qu'il ne se répande. À la fin, ils ont fait le bon choix, un choix raisonnable.

Puisqu'ils avaient raté leur mariage, ils ont tâché de réussir leur divorce. Se sont mis d'accord facilement sur les modalités de garde, la pension alimentaire, ces trivialités indispensables, promis de ne jamais habiter loin l'un de l'autre. Et respecté les règles édictées une fois pour toutes. Ils ont signé un contrat, où n'entrait pas la moindre sentimentalité, et l'ont observé à la lettre. Pendant quinze ans. Paul a compris très vite que ses parents ne possédaient plus rien en commun et s'y est accoutumé, puisqu'il n'a jamais connu autre chose. De fait, il ne les a connus que froids, distants, mais sans acrimonie. Il a appris à les séparer, à les considérer séparément.

Au fond de lui, Samuel sait que Claire est une bonne mère.

A été une bonne mère.

L'horreur absolue de tout devoir conjuguer au passé dorénavant.

Aimante, attentionnée, exigeante. S'occupant des devoirs, des repas, du docteur, avec une rigueur exemplaire, et un amour incontestable.

Simplement, il se demande quelquefois où est passée la jeune fille timide du Café Collage de Venice Beach, celle qui souriait en se mouchant, il se demande comment elle s'est transformée en cette épouse irréprochable, employée de mairie, toujours habillée de manière sobre et élégante, chez qui toute fantaisie a disparu.

Il se dit que quelque chose est survenu, un basculement, une entrée précipitée dans l'âge adulte, la conscience soudaine de la dureté du monde, quelque chose comme ça, ou bien c'était là depuis le début, sa normalité, son conformisme, et il ne l'a pas remarqué, c'était tapi, il n'est pas allé fouiller dans l'ombre et c'est apparu en pleine lumière. Même après tant d'années, il ne sait pas. Il ne sait pas si la jeune fille du Café Collage a réellement existé.

La seule chose dont il soit certain, c'est de sa douleur à lui, un spleen féroce, vorace, quand il a regagné l'appartement de Venice, déserté après son déménagement à elle. Il l'avait aidée à tout empaqueter dans des cartons, ils avaient loué une camionnette chez Budget, il avait transporté les cartons, les avait déposés dans la nouvelle maison, il était rentré à Venice, avait rendu la camionnette et puis il y avait eu ça : ses pas dans l'appartement vide, ses pas qui résonnent, il ne restait presque plus rien. Et, au bout de quelques instants, il s'est rendu compte que ce n'est pas le vide qui le faisait tanguer, ce n'étaient pas les traces aux murs des tableaux disparus, ni les marques du mobilier manquant sur la moquette, ni cette impression que tout était trop grand, non, ce qui l'avait d'un coup envoyé valdinguer, c'est le silence. Il n'y avait plus leurs bavardages, ou le grésillement agaçant et rassurant de la radio. Mais, surtout, il n'y avait plus les pleurs du bébé, ses gazouillis, ses exclamations, ses rires imprévus. Il lui a semblé que quelqu'un était mort.

Aujourd'hui, c'est une sensation approchante qu'il éprouve.

Laura

Laura Parker fait le chemin à l'envers. Avec dans la tête les paroles terribles de son amie (« Vraiment, je me demande si on ne ferait pas mieux de se séparer »), et cette idée que, décidément, quelque chose ne tourne pas rond. Elle revient sur ses pas, retourne chez elle.

L'air est doux. Elle aura aimé cela, la douceur californienne. N'aurait pas pu vivre ailleurs. A toujours été épouvantée par les neiges violentes, les froids polaires, les vents fous que la météo signale régulièrement dans le Nord. Tout de même, cette douceur ne suffira pas à la retenir du côté de la vie. Parfois, le soleil ne suffit pas.

Le ciel est dégagé. Elle aura aimé l'azur familier. S'est toujours demandé comment on pouvait supporter les ciels plombés, bas, le gris de la pluie, les horizons bouchés. Mais la lumière non plus ne la sauvera pas.

En arrivant devant son immeuble, elle salue le facteur, qui en sort et la salue en retour, comme il le fait souvent, sans se douter qu'il n'accomplira plus pareille formalité, que c'en est terminé de ces frôlements, de cette superficialité. Elle songe que, demain et les jours suivants, des lettres arriveront encore, des factures probablement, ou des dépliants publicitaires, mais elle ne sera plus là pour les relever. Elle songe qu'elle devrait se préoccuper des choses matérielles : appeler les gens de l'eau, de l'électricité, du téléphone, pour résilier ses abonnements, faire disparaître Laura Parker des fichiers, des écrans radar, mais le courage lui manque (le cœur n'y est pas, pourrait-elle dire si elle avait l'esprit à plaisanter). Elle s'en veut un peu de cet égoïsme car elle imagine que ces tâches incomberont à ses fils, une fois que ses obsèques auront été célébrées et qu'il conviendra de liquider la maigre succession et d'achever sa disparition physique. Oui, elle devrait leur épargner ces démarches dont le caractère concret peut être si désagréable, si éprouvant (une image se forme tout à coup : une lumière qu'on éteint avant de fermer la porte, et soudain la désolation). Mais voilà, c'est trop, ce concret, ça la dégoûte même un peu. Et elle a bien le droit de ne pas penser qu'aux autres, pour une fois. Dans la boîte aux lettres, comme prévu, une facture.

Elle monte les trois étages et ses jambes lui semblent curieusement lourdes. S'agirait-il d'une fatigue devant l'obstacle qui se profile, d'une forme de résistance passive face à l'échéance décidée ? Elle en doute car sa volonté lui paraît intacte, elle n'entend pas renoncer. En fait, il s'agit, selon toute vraisemblance, d'un effet supplémentaire de son âge : la lassitude la saisit plus vite que jadis, ce qui était naturel hier exige désormais quelques efforts.

En pénétrant dans l'appartement, elle embrasse d'un seul regard la géographie de son existence et, alors que se profile un accablement, se reprend pour ne pas trouver misérable le lieu où elle vient de passer les deux dernières années. Refuse de céder à de la mollesse affective. Tout délitement serait prématuré. Il reste encore des heures à traverser. Elle doit tenir bon. Quand même, elle se demande pourquoi elle ne se tue pas maintenant, et à quoi sert de respecter la limite qu'elle s'est elle-même fixée. Elle pourrait aussi bien en finir tout de suite, ce serait fait, on n'en parlerait plus. La mise en scène qu'elle a imaginée pour sa mort, elle est capable de s'en passer. Et d'ailleurs, cette mise en scène est un brin grotesque, grandiloquente, gagnerait à davantage de simplicité, de frugalité. En réalité, si elle ne se tue pas dans l'instant, c'est parce qu'elle a horreur de ne pas respecter ses propres engagements. Elle a un plan et s'y tiendra, point. Si elle commence à dévier, alors ce n'est plus elle, cela manquerait de tenue, d'ordre. Même dans le suicide, elle sera impeccable. Elle mourra en n'ayant rien à se reprocher. Et surtout pas de s'être désunie au dernier moment, d'avoir abdiqué dans les derniers mètres.

Depuis le seuil, elle aperçoit la vaisselle du petit déjeuner, sur l'égouttoir de l'évier, qui doit avoir séché. Voilà un but, une occupation : ranger cette vaisselle, faire que la place soit nette, que la maison ne lui fasse pas honte quand les pompiers qu'on aura alertés parce qu'on sera sans nouvelles d'elle défonceront la porte, redoutant d'y trouver son cadavre.

Avant de partir au travail, il lui faut trancher : repassera-t-elle par ici ou se rendra-t-elle directement à Newport Beach, une fois son service terminé ? Dans le premier cas, il conviendrait de finir le rangement dès maintenant. Dans l'autre, elle disposera d'un peu de temps pour mettre les choses au clair, et partir tranquillement, à son rythme. Voyant l'heure tourner, et détestant être pressurée, elle opte pour la seconde solution.

Et, tout de même, ce seront des adieux, autant ne pas les accomplir dans la précipitation.

Quand ils partaient en voyage, elle prenait le temps nécessaire pour préparer les valises, veillait à ce que rien ne soit oublié. Au fond, ce sera comme un départ en voyage.

Elle se souvient de leurs (rares) vacances en famille. Rares, parce que Michael travaillait beaucoup, pouvait difficilement s'absenter. Son business marchait bien (l'immobilier) mais, pour marcher bien, il avait besoin de lui. Malgré tout, il leur est arrivé de quitter Los Angeles, quelques jours en été. Oh, ils n'ont jamais franchi la frontière, il n'a jamais été question de séjourner à l'étranger. Trop loin. Et puis, surtout, « il y a tant de choses à voir chez nous » : c'était la phrase de Michael.

Elle a parfois regretté cette sédentarité mais n'a jamais exprimé ses regrets. Et, de toute façon, elle était un peu mexicaine (par sa mère), l'étranger c'était elle. Et surtout, son époux avait raison : c'est si vaste, l'Amérique.

Ils sont allés à San Francisco (c'est encore la Californie !). Les enfants ont adoré (les rues plongeantes, les pentes vertigineuses, les maisons colorées, le Golden Gate, la baie, le tumulte, la vitalité, cette impression d'un corps irrigué où le sang pulse) mais pas Michael, qui a trouvé la ville sale, envahie par les mendiants, les hippies, les homos, les drogués. Du reste, il a fait la tête et finalement écourté le séjour, sous le prétexte (fallacieux) d'un rendez-vous avec un client important. San Francisco, c'est peut-être la Californie, mais ce n'était pas la sienne.

Ils sont allés à Las Vegas (le Nevada : la porte à côté et pourtant l'exotisme assuré). Là, c'est Laura qui s'est ennuyée ferme : que peut faire une femme mariée qui ne connaît rien au jeu dans la ville des filles et des casinos ? Tandis que Michael et les garçons, déjà adolescents, perdaient de l'argent dans les machines à sous ou sur les tapis verts, elle prenait des rougeurs sur les bords de la piscine de l'hôtel. Il y a autre chose : la vulgarité arrogante de la ville lui a fait horreur. Ces chairs offertes, cette religion du dollar, ces répliques criardes du patrimoine mondial, tout lui a semblé atroce. Elle a tenté de ne rien en montrer, ne souhaitant pas paraître pudibonde ou rabat-joie et y a réussi puisque ni son mari ni ses fils n'ont remarqué combien l'étalage de cette trivialité lui soulevait le cœur. Il faut avouer que personne, dans cette famille, ne s'intéressait beaucoup à ses états d'âme.

Ils sont allés à New York. Pas une mince affaire parce que Michael déteste l'avion. Laura a d'ailleurs cru que leur voyage serait annulé au dernier moment, devant sa mauvaise volonté évidente. Elle aurait aimé que Michael lui dise : « J'ai peur », plutôt que de manifester une aversion. Il n'aurait pas déchu, cela n'aurait pas entamé son autorité. Mais non, il s'est entêté dans une colère qui a failli faire capoter leur départ. Sur place, tout s'est plutôt bien passé. Elle déplore néanmoins de n'avoir pas visité le MoMA ou le Metropolitan. Des visites qui n'emballaient personne, a-t-elle compris. Aujourd'hui, Arthur vit là-bas et les musées sont devenus sa deuxième maison. Elle se dit qu'il y a un temps pour chaque chose, il est dommage que, pour elle, ce n'ait jamais été le bon moment.

Ils sont allés à La Nouvelle-Orléans. Ils ont pensé que c'était la France d'avant, les balcons en fer forgé dans le Carré, les plantes qui dégoulinent des fenêtres ouvertes, la musique à toute heure et les hommes saouls qui titubent sur les trottoirs. Ils n'ont pas été séduits. Ils sont rentrés, en estimant que les vacances constituaient décidément un exercice délicat.

Alors, la plupart du temps, ils se sont rendus à Newport Beach, dans la maison des parents de Laura. Ils ont fait des barbecues dans le jardin, des après-midi à la plage, organisé des balades sur la jetée au couchant. Ils ont goûté des plaisirs simples. Ils ont répété : « C'est la vraie vie. » Et à quarante ans, ils ont divorcé.

Samuel

Samuel a emménagé à Newport Beach quand Paul avait cinq ans. Il en avait parlé avec Claire auparavant, pour s'assurer que ce déplacement de quelques miles vers le sud ne posait pas de problèmes. Elle n'avait pas discuté. Au fond, elle était satisfaite, pour ne pas dire soulagée, qu'il s'éloigne de son repaire de rastas et de camés, où on tuait une personne par semaine. Newport, au moins, c'était beaucoup plus tranquille, beaucoup plus bourgeois. Elle, elle sait bien, du reste, que c'est la raison qui a décidé Samuel à déménager. Et pas cette fichue « belle lumière », une fable à laquelle elle n'a jamais cru.

Paul a donc passé un week-end sur deux dans cette banlieue balnéaire et l'a aimée. On ne voyait que sa joie, le vendredi soir, lorsqu'il débarquait avec le soleil couchant, balançait son sac à dos dans un coin et filait aussitôt sur la plage, fouler le sable. Il courait, se dépensait, exécutait des pirouettes, des poiriers, des roues, comme s'il lui fallait libérer une énergie canalisée toute la semaine, cesser d'être un enfant sage. Son père le surveillait depuis la terrasse, une bière fraîche à la main, en souriant. Il avait l'impression d'avoir réussi quelque chose.

Le samedi matin, parce qu'il était consciencieux et ne négligeait nullement ses responsabilités, il aidait Paul à faire ses devoirs même s'il n'était pas très doué pour la géographie ou le calcul (lui-même n'avait pas été un bon élève). Il était en permanence surpris d'exercer une autorité et s'employait à ne pas manifester cette surprise. Il se serait plus volontiers imaginé en grand frère, mais il ne pouvait être question d'endosser ce rôle. Son fils devait le respecter, il devait être pour lui sinon un exemple au moins une sorte de référence. Alors il prenait un air sérieux qui, parfois, il le reconnaît, faisait sourire Paul.

Parfois également, une tension survenait quand le gamin manifestait une paresse, une mauvaise humeur ou un découragement. Samuel n'était pas très fort pour déployer des trésors de diplomatie et il n'était pas rare qu'ils s'agacent mutuellement mais leurs brouilles ne duraient jamais, ils s'aimaient trop ces deux-là pour s'en vouloir longtemps. Chacun y mettait du sien, la vie reprenait son cours.

Le déjeuner était toujours plutôt comique. Le père n'avait pas de talent pour la cuisine : tout finissait brûlé ou, à l'inverse, pas assez cuit. Un jour, Paul avait expliqué qu'il ne voyait pas d'inconvénient à se contenter de surgelés et Samuel s'était cabré : on mangerait des légumes frais, des fruits frais. En conséquence, Paul s'était décidé à donner un coup de main à son père et c'est ainsi qu'on les trouvait souvent, ensemble, penchés sur un livre de recettes, évaluant les ingrédients, les pesant, faisant chauffer des poêles ou beurrant des moules, d'abord noyés au milieu d'un désordre de farine, puis à mesure que le temps passait maîtrisant leur sujet.

L'après-midi, ils se munissaient de leurs planches et partaient faire deux bonnes heures de surf. C'est de cette façon que Samuel a vu son fils grandir : sur une *longboard*. Il l'a vu prendre des centimètres, du muscle. Il l'a vu prendre de l'assurance, de l'allure. Il a entassé beaucoup de souvenirs avec lui mais le plus signifiant, celui qui s'impose à lui d'abord en toutes circonstances, c'est cette image : Paul en combinaison, se redressant sur sa planche, surplombant les fonds sableux, et ses cheveux humides contre ses joues, et dans ses yeux une extrême concentration.

Il se rappelle aussi ses pieds humides, le sable collé à ses chevilles quand il regagnait la plage après l'effort, le ruissellement sur le Néoprène de la combi intégrale, sa fatigue et son contentement. Ils marchaient l'un à côté de l'autre, d'une même foulée, en direction de la maison et Samuel se disait : c'est ça, un père et son fils, c'est exactement ça.

Aujourd'hui, que reste-t-il de ces années ? Des planches de surf justement, dont la taille a grandi avec le temps et qui se sont agglutinées dans un débarras parce que Samuel a toujours répugné à s'en défaire, sentant qu'elles constituaient des marqueurs, des repères, un peu comme ces traits au stylo à bille qu'on dessine sur le mur de la cuisine et qui racontent une croissance. La dernière planche de Paul est de la même dimension que celle de son père. Il était devenu un homme. Seule son infinie maigreur le maintenait dans une apparente adolescence. Du reste, son long corps malingre ne pesait pas lourd au bout de la corde où on l'a retrouvé.

Le dimanche était consacré à l'oisiveté, le plus souvent. On pourrait supposer que deux êtres comme ceux-là, qui avaient si peu d'occasions de se voir puisque le temps leur était compté par un juge matrimonial, en auraient profité pour exercer mille activités, tentant de combler les jours manquants, tous les jours. Certes, il leur arrivait de prendre la voiture, musique à fond et vitres ouvertes, et de rouler vers le sud, vers San Diego par exemple (ils avaient un faible pour la si curieuse Black Beach). Ou de traîner sans but précis, dans un centre commercial (occupation favorite des familles pauvres). Ou d'aller voir un film (de préférence, les blockbusters du moment, souhaitant avant tout se divertir). Et, quoi qu'il arrive, ils consacraient encore deux heures au surf (leur rituel). Sinon, ils restaient à la maison, sans même songer à allumer la télévision, ou alors sans mettre le son, se tenant dans le silence.

Paul lisait. Il lisait beaucoup. Le plus étonnant n'était d'ailleurs pas la nature (plutôt hétéroclite) de ses lectures mais la position, si caractéristique, qu'il adoptait : accroupi sur le sofa, genoux repliés presque sous le menton, tel un oiseau immobile. Samuel, quant à lui, s'installait à son chevalet et peignait. De temps en temps, l'un regardait l'autre : Samuel jetait un coup d'œil à son fils, avec une infinie tendresse, se demandant néanmoins comment une position aussi inconfortable, et qui ne devait pas favoriser la circulation sanguine, pouvait le trouver aussi concentré. De son côté, Paul vérifiait l'avancement du travail de son père. Avec les années, il avait acquis un jugement plus aiguisé, passant du « j'aime / j'aime pas » à des observations subtiles où perçait toutefois la même subjectivité.

Samuel n'a jamais peint son fils. Il n'a jamais peint de figures humaines. Jamais pensé que l'art était là pour imiter la vie.

Il y avait aussi de l'ennui quelquefois, pourquoi ne pas l'admettre ? Les jours de grisaille, en hiver, quand le ciel demeurait désespérément bas et opaque, que le sable humide collait aux chaussures et que l'océan roulait ses vagues stupidement. Ceux où Paul se languissait de ses camarades de jeu, restés à West Hollywood et qui, eux, s'amusaient, recevant des échos de fête qui le rendaient envieux et triste. Et puis, à l'adolescence, il est des compagnies qu'on préfère largement à celle de son père. Surtout quand celui-ci est un indécrottable bohémien, à propos duquel on n'a pas d'histoire fabuleuse à raconter, un type qui refuse de changer quand tout, pourtant, change autour, retiré de la modernité quand la modernité constitue le sésame ultime. Oui, il y a eu des week-ends plus longs que d'autres, surtout sur la fin. Mais quoi, rien de grave, rien d'intolérable, rien qui attente à la liberté et à l'épanouissement, ces termes grandiloquents qu'on emploie lors des crises familiales.

Il n'y a pas eu d'accident non plus. Pas de bras cassé, de chute de vélo, pas de bagarre au lycée, de convocation dans le bureau du proviseur, pas de fugue, ni d'appel en pleine nuit, même pas d'opération chirurgicale d'urgence, juste une appendicite bénigne ; un calme presque plat, finalement rare si on pense aux incidents qui jalonnent nécessairement les jeunes années de tout individu ; un rêve pour des parents.

Oui, à bien y repenser, Samuel ne se remémore que l'harmonie. Et il ne voit pas de colère rentrée, pas de névrose dissimulée, pas d'équilibre menacé. C'est, du reste, ce qu'il a répondu au psy qui, remâchant l'habituel charabia des psys et déroulant son bréviaire, l'a interrogé sur les motifs de l'acte de Paul. Ce à quoi le psy a répliqué, comme s'il réfléchissait pour lui-même à voix haute : « Mais alors comment imaginer qu'un enfant comme celui-là ait fini par se pendre ? »

Laura

Laura arrive au Joey's Café avec un peu d'avance (elle arrive toujours avec un peu d'avance, ne peut pas s'en empêcher). La première fois qu'elle a vu cet endroit, elle l'a aimé. Elle a aimé sa modestie, sa simplicité, la sensation que les années sont passées ici moins vite qu'ailleurs. Aimé le long comptoir en bois, les banquettes de moleskine, l'ardoise géante où le menu est écrit à la craie, la peinture fatiguée, les stores filtrant trop la lumière. Aimé le refus de la modernité dans une époque où tout doit être neuf, un refus qui s'est d'abord expliqué par le manque de moyens des propriétaires et qui est devenu une estampille, et un totem pour les branchés se prétendant dégoûtés par la course au gigantisme et à la nouveauté. Elle s'est sentie en confiance.

Elle entre en baissant la tête comme pour ne pas se faire remarquer des clients qu'elle servira peut-être dans dix minutes. En passant devant le comptoir, elle salue Mario, le patron, un type gentil d'une cinquantaine d'années, grisonnant, pas ramenard, et qui l'a sortie de la mouise en lui proposant ce job à temps partiel. À l'époque, elle a cru qu'il s'agissait de sa part d'une manière de solidarité entre Latinos. Plus tard, elle a compris que Mario ne l'avait jamais considérée comme une fille de l'autre côté : pour lui, elle était trop américaine, absolument américaine, elle ne parlait même pas la langue, elle avait adopté une identité américaine, il ne suffit pas d'avoir une mère mexicaine pour appartenir à ce monde-là, d'après lui il faut autre chose : une capacité à travailler dur, une humilité, un entêtement, et la peau basanée. Il n'a rien remarqué de tout cela chez Laura. En revanche, il a vu une femme déboussolée, c'est exactement ça : sans repères, incapable de s'orienter par elle-même, et cette femme lui a fait de la peine. Mais on n'embauche pas par compassion : il lui a demandé de faire ses preuves et n'a pas été déçu. Jamais un retard, jamais une absence, jamais une erreur dans les commandes, toujours aimable avec les clients. Alors, bien sûr, elle lui paraît encore curieuse, nimbée de son passé de femme mariée et oisive, légèrement décalée, mais il n'a pas à se plaindre d'elle et c'est l'essentiel. Mario la salue en retour quand elle parvient à sa hauteur puis s'en retourne à ses verres à nettoyer, à essuyer.

En poussant la porte battante qui conduit aux cuisines, elle croise Jake, un serveur d'une vingtaine d'années, étudiant en rupture d'études, désireux de devenir comédien (comme tous les garçons de vingt ans dans cette ville) mais échouant à tous les castings, homosexuel assumé (comme la moitié des serveurs mâles de West Hollywood) et célibataire compulsif. Un amour de garçon, avec lequel Laura s'entend à merveille, et ce à son grand étonnement (il faut dire que, jusque-là, elle n'avait jamais imaginé être un jour amenée à côtoyer des Jake). Ils s'embrassent en vitesse (le jeune homme est encombré d'un plateau rempli) et la fin de leur embrassade libère les portes qui battent comme dans les saloons des westerns d'antan.

Puis elle salue Paco et Adam, les deux cuisiniers (l'un était maçon avant, et l'autre fleuriste), devenus spécialistes (par la force de l'habitude) du club-sandwich et de la salade César, qui ont la particularité de travailler très vite alors même qu'ils ne cessent de bavarder entre eux (que se disent-ils exactement ? Laura se le demande encore, n'osant pas épier leurs conversations). Dans l'arrière-cuisine, elle ouvre son casier, y décroche son uniforme (un bien grand mot pour désigner un tablier en toile, vert), le sangle autour de sa taille, rectifie sa coiffure dans la glace installée sur le côté et se surprend à sourire (d'où vient-il, ce sourire ? de quelle folie ? de quelle inconscience ?). La voici prête à officier pour les trois prochaines heures. Sa première tâche (toujours la même) : préparer les tables pour le déjeuner.

En refermant le casier, elle se pose une question : pourquoi ces rituels, certes récents mais néanmoins établis désormais, pourquoi ces gestes, certes répétés mais pas désagréables, pourquoi cette familiarité empreinte de discrétion, ne suffisent-ils pas, eux non plus, à la maintenir du côté des vivants ? Elle chasse aussitôt la question, d'un mouvement sec de la main, comme on chasse un insecte tournoyant trop près de son visage.

Sur le Formica des tables non occupées, Laura passe une éponge à peine humide puis dépose des couverts enroulés dans des serviettes, un menu, vérifie qu'il y a bien une salière, une poivrière, ketchup et moutarde, donne un coup de torchon sur les banquettes pour en chasser les éventuels détritus. Après, elle joue du balai pour nettoyer le carrelage où traînent, souvent invisibles à l'œil nu, des miettes de muffins, des traces de café, des morceaux de chocolat tombés d'un cookie. Elle effectue ses tâches méthodiquement, précisément, avec une concentration qui fait l'admiration de Mario et de Jake. Parfois, ils sont un peu effrayés par son obsession machinale de l'ordre et de la propreté, mais se gardent bien de lui en faire la remarque. Ce matin, aperçoivent-ils un éclat différent dans son regard, une noirceur, une hébétude ?

Jake s'approche d'elle, prestement, à la manière d'un patineur, pour lui demander si elle est allée voter. Avant même qu'elle ait le loisir de répondre, il lui explique que lui est allé accomplir son devoir à la première heure. Il y avait une longue file d'attente déjà, des gens de tous âges, toutes origines, des gens jamais vus, dont il avait peine à croire qu'ils puissent se déplacer pour voter, des gens fébriles et déterminés, et cet élan démocratique l'a mis de bonne humeur, et rendu confiant. « Si les gens vont voter en masse, alors Obama est sûr d'être élu. Tu imagines ?! Non mais, est-ce que tu imagines ? » Elle ponctue l'enthousiasme du garçon d'un sourire de connivence où s'immisce une fatigue. Elle comprend l'excitation du moment mais, évidemment, ne la partage pas tout à fait, ne se sent pas vraiment concernée. Elle est déjà un peu ailleurs, là où l'élection éventuelle d'Obama n'aura pas de résonance, où rien ne sera un événement.

« Et puis, j'ai voté non à cette merde de proposition 8 ! » Difficile de l'ignorer puisqu'il porte depuis des semaines un badge proclamant son refus. C'est d'ailleurs en le voyant, un jour, arborer ce badge que Laura l'a interrogé, curieuse de savoir de quoi il s'agissait. « Mais enfin, tu ne sais pas ?! » lui a répondu le jeune homme en levant les épaules et les yeux au ciel ; « cette saloperie défendue par les républicains qui veulent supprimer le mariage gay en Californie ». Le jeune homme est confiant : la mobilisation est telle du côté des démocrates aujourd'hui qu'il en est convaincu, le mariage sera maintenu. « Qu'est-ce que ça peut leur foutre, qu'on puisse se marier ? Hein, dis-moi, ça leur enlève quoi ? » Et Laura reste sans voix. Oui, c'est certain, ça n'enlève rien à ceux qui peuvent déjà se marier, elle n'avait jamais vu les choses sous cet angle.

Tout de même, c'est un mot qui lui cause un peu de peine, depuis quelque temps, ce mot de mariage. Du coup, elle ne sait quoi penser de tous ces garçons et filles qui réclament une institution qui se révèle si fragile, ce contrat centenaire, millénaire qu'on déchire de plus en plus souvent. Ils rêvent de quelque chose qu'elle a cru éternel et finalement perdu. Doit-elle, ou non, leur souhaiter d'accéder à ce rêve frelaté, cette chimère ?

Au même moment, comme en écho aux propos enflammés de Jake, sur Santa Monica Boulevard apparaissent une nuée de militants, hérissés de drapeaux arc-en-ciel, encourageant les électeurs à se rendre en masse aux bureaux de vote. Le jeune homme ponctue : « Tu vois, personne ne nous arrêtera. » Et il claque un baiser sur la joue de Laura, que cette intimité inattendue contracte aussitôt. Elle se détend vite et sourit pour témoigner de sa solidarité. Mais, à nouveau, elle se sent démunie face à cette jeunesse qui croit que la vie peut être meilleure, elle est tellement persuadée que tous les lendemains déchantent.

Une question lui traverse l'esprit : Vincent, son cadet, figurait-il dans cette meute joyeuse et colorée ? Il a promis de faire un saut au café, en tout cas. Elle espère qu'il tiendra sa promesse.

Samuel

C'est le même adolescent, Samuel serait prêt à le jurer. Celui qui a déjà fureté plusieurs fois devant chez lui depuis ce matin, celui qui porte un bermuda jaune. Du reste, c'est grâce à ce bermuda qu'il le reconnaît. Il n'y accorde pas réellement d'importance, tellement de gens passent sur le front de mer. Tout de même, ce garçon a un côté récidiviste, on pourrait presque penser qu'il escompte se faire remarquer. D'autant qu'il ajuste le regard pour deviner l'intérieur, au-delà de la baie vitrée. On croirait qu'il *cherche quelque chose*. C'est stupide, il se trompe probablement. N'importe, c'est le même gamin !

Quel âge peut-il avoir ? Dix-sept ans, sans doute, lui aussi. Comme Paul. Il n'a jamais été bon pour donner un âge aux gens, encore moins aux adolescents, dont certains ont grandi si vite qu'ils paraissent plus vieux, tandis que d'autres sont figés dans une enfance interminable. Mais il dirait dix-sept ans, oui. Il y a des garçons de dix-sept ans qui sont en vie. L'écrasante majorité des garçons de dix-sept ans est en vie. Et pas son fils.

Il repense aux mots du psy, si cruels, d'autant plus cruels qu'ils n'étaient pas prononcés dans l'intention de blesser, reflétant avant tout une incompréhension, une stupeur, une impuissance face à une équation presque impossible à résoudre ; des mots qu'il n'aurait pas dû laisser échapper et qui sont sortis malgré tout, impossibles à contenir. Oui, pourquoi met-on fin à ses jours quand on est dans l'éclatante jeunesse ? Samuel a cherché des informations sur Internet, il a tapé « suicide », « adolescent » sur Google, il se revoit en train d'écrire, ses mains tremblaient, des milliers d'occurrences sont apparues, des dizaines de milliers, à filer le tournis. Il a renoncé presque aussitôt, rabattant d'un claquement sec l'écran de son Mac. Tout lui était insupportable : les chiffres, les témoignages, la liste des raisons, la commisération, l'insistance sur l'anomalie. Le psy aurait sans doute parlé d'un déni de réalité.

Pour autant, il ne peut pas ne pas se poser la question, évidemment. C'est même une question qui l'obsède, le ronge, lui ôte le sommeil, serait susceptible de le plonger dans la folie s'il était plus fragile.

Même ses amis, ses proches la lui posent, cette foutue question : les uns de manière détournée, comme s'ils ne voulaient tout simplement pas remuer le couteau dans la plaie, ajouter la douleur à la douleur, ou comme s'il y avait un peu de honte à la formuler, les autres frontalement, sans biaiser, arguant que, précisément, c'est « une question qui se pose » et que la réponse pourrait peut-être fournir un remède à la souffrance, faire la plaie moins vive. À tous, il réplique piteusement : « Je ne sais pas. » Et c'est l'exacte vérité, l'affreuse et lamentable vérité : il ne sait pas.

Il existe des tas de gens derrière les lignes bleues de Google qui savent, mais pas lui.

Certains jours, il voudrait croire qu'on ne se suicide pas pour des raisons précises, que c'est la conséquence d'une accumulation (mais de quoi ? de quelles défaites ? de quelles abdications ? de quels chagrins ?), ou simplement un bref moment d'épuisement (une pulsion morbide, irrésistible, comme il existe des pulsions meurtrières ou des viols non prémédités commis sur un coup de tête). Mais même de cela, il n'est pas certain, pas certain du tout. Ça s'embrouille dans sa tête, c'est confus, il ne parvient pas à faire un tri, à énoncer posément des hypothèses. Tout de suite, c'est un brouillard, une purée.

Il se débat dans ce brouillard, cette purée.

Il repense aux derniers moments, à la dernière fois où ils se sont vus. C'était quatre jours avant sa mort. Paul s'est tué un jeudi, ils s'étaient quittés le dimanche soir.

Ils ne se sont pas beaucoup parlé dans la voiture, sur le trajet du retour jusqu'à West Hollywood. La nuit était déjà tombée, il y avait pas mal de circulation, et un peu de brume, à la radio l'élection présidentielle était le sujet quasi exclusif, ils ont changé de station plusieurs fois, rien n'y a fait, on ne pouvait pas couper au duel Obama-McCain, ils ont eu droit aussi aux frasques les plus récentes de Sarah Palin, s'en sont amusés, d'accord pour constater qu'il était décidément curieux d'avoir placé cette cinglée doublée d'une imbécile sur le ticket républicain, et puis c'est devenu un refrain, un ronronnement, ils n'ont plus vraiment écouté, Paul a même somnolé.

À un moment, si, tout de même, il a évoqué son examen du lundi matin, son peu d'entrain, il a feint de ne pas être prêt, prétendu qu'il allait « foirer le truc », redit que, de toute façon, il n'était pas fait pour les études, il entonnait cette ritournelle chaque fois qu'il entendait justifier sa paresse ou expliquer à l'avance une future mauvaise note. Son père a à peine relevé, connaissant par cœur ces courts abattements, qui survenaient souvent lors du retour du dimanche soir. Il avait appris à ne pas s'en inquiéter. C'était même devenu pour lui la preuve que son fils avait apprécié son week-end et regrettait qu'il fût déjà terminé. Comme ils ne s'avouaient jamais ce genre de chose, il leur fallait des moyens détournés.

Paul a aussi prononcé le nom d'une fille ; une fille du lycée. Meredith peut-être. Non, pas Meredith. Quoi, alors ? Samuel s'en veut d'oublier si facilement. Il s'en veut également d'être si régulièrement inattentif. Après, c'est trop tard. Quand il tente de rattraper le coup d'un « redis-moi qui c'est, déjà », les gens le considèrent avec une sévérité amusée. Il ne se rappelle plus pour quelle raison ce prénom a été lancé, ce soir-là. Sans doute cela avait-il un rapport avec l'examen d'anglais. Ce dont il se souvient, en revanche, c'est le ton de gentillesse avec lequel il a été prononcé : il y a eu comme un ralentissement, une délicatesse. Oui, c'est cette sensation qui émerge des zones marécageuses de sa mémoire.

Après avoir remonté Santa Monica Boulevard, ils ont bifurqué sur Harper Avenue, Samuel a garé la voiture sur le côté, sans éteindre le moteur, comme à son habitude, il a mis les feux de détresse, il n'est plus resté à Paul qu'à récupérer son sac à dos sur la banquette arrière, à embrasser furtivement son père et à descendre du véhicule. Samuel a dû dire : « Bon courage pour demain », il n'en est même pas sûr. Ils se sont fait un signe de la main tandis que Paul rejoignait la maison de sa mère et de son beau-père. Et Samuel est reparti, voilà.

Paul s'est tué le jeudi suivant. Aucun signe avant-coureur, donc. Aucun. À moins qu'il n'y en ait eu et qu'il ne les ait pas relevés. C'est cela, son angoisse. Sa panique.

Paul s'est tué un jeudi. Dans le désastre absolu que constitue sa disparition, cette information rigoureusement établie constitue sa seule consolation. S'il s'était tué un week-end chez lui, ou un dimanche soir quelques instants après s'être quittés, la déflagration aurait été plus violente encore. On trouve les consolations qu'on peut.

Paul s'est tué dans l'enceinte de son lycée.

Samuel se demande comment désormais il va faire pour passer le reste de sa vie sans le voir, lui parler, le toucher.

Et sans savoir.

Laura

Laura se souvient du jour où son fils cadet lui a annoncé son homosexualité. Elle ne peut pas dire qu'elle en a été enchantée. Elle ne peut pas dire non plus qu'elle ne s'y attendait pas.

Si elle est parfaitement honnête, elle reconnaîtra qu'il y a eu des signes annonciateurs, des choses de presque rien, des détails qui, au commencement, ne l'ont pas particulièrement alertée, et qui, peu à peu, ont pris sens, formé dans son esprit un soupçon. Même si elle répugnerait à l'admettre, ou à le formuler de la sorte (tant cela relève d'un cliché détestable), il est exact qu'elle a observé que ses gestes étaient féminins, que ses amis étaient des filles mais qu'il partageait avec elles une complicité beaucoup plus qu'il ne projetait sur elles un désir, que ses regards en direction des hommes dans la rue étaient éloquents parfois. Elle se remémore aussi certaines phrases qui laissaient présager les futurs aveux, des allusions, en une tentative de se concilier ses bonnes grâces quand il n'escomptait rien de bon de son père.

Ce soupçon, elle a d'abord cherché à le chasser. S'en voulant d'avoir une telle pensée, puis refusant d'envisager pareille hypothèse. Mais il ne l'a pas vraiment lâchée, ledit soupçon, il a grandi, est devenu non pas une certitude mais une cogitation, ou plutôt une considération ancrée quelque part dans son cerveau, et qui n'attendait qu'une confession pour jaillir. On répète à l'envi que « les mères savent ces choses-là ». Elle savait.

Sa confession, Vincent l'a faite, un soir de janvier, il y a bientôt deux ans, il venait d'avoir dix-huit ans. À ce moment-là, il vivait chez son père, puisque les enfants, lors du divorce, ont choisi de rester à Los Feliz, mettant en avant à cette occasion des raisons purement pratiques : c'était leur maison, ils y étaient habitués, ils n'allaient pas emménager avec leur mère dans un deux-pièces, et puis ils étaient grands désormais, ce n'était plus pareil. Elle en a été dévastée, absolument mortifiée, mais s'est bien gardée de l'exprimer. Elle a simplement pleuré des jours entiers, des nuits entières, ruminant leur ingratitude ou se flagellant pour avoir été une mauvaise mère. Elle s'est demandé des centaines de fois comment des motifs matériels avaient pu l'emporter sur les sentiments. Et des centaines de fois, elle est arrivée à la même conclusion : les sentiments n'étaient pas assez forts, l'amour d'une mère compte moins que le confort d'une maison.

Bref. Vincent s'est donc présenté un soir de janvier à l'appartement de Sweetzer Avenue. Sa mère ne l'attendait pas, elle a compris tout de suite que cette visite imprévue ne pouvait pas être anodine, d'autant que son fils lui a paru curieusement agité. Il lui a fallu moins de cinq minutes pour lâcher le morceau. Cinq minutes à tourner autour du pot, à tenir des propos sans importance ou pas complètement cohérents avant de lâcher : « Maman, je suis venu t'annoncer que je suis gay. » Ça devait sortir, a-t-il expliqué, il n'en pouvait plus de se taire, de tout garder à l'intérieur, de tout comprimer, c'était comme une cocotte-minute, et puis quoi, il n'y avait pas « de quoi fouetter un chat », avait-il ajouté comme pour minimiser la portée de sa révélation (mais qui tentait-il de convaincre ? sa mère ou lui ?). Elle a éprouvé le besoin de s'asseoir sur une des chaises de la cuisine, s'y est affaissée lentement, demeurant quelques instants sans réaction, comme écrasée. Et puis, elle a dit : « Tu veux boire quelque chose ? J'ai du jus d'orange au frigo. Ou du lait, si tu préfères », ce qui était sa façon d'esquiver toute discussion et de montrer à son fils, dans le même mouvement, qu'elle ne le condamnait pas.

Le silence a duré longtemps. D'abord d'embarras, il est devenu de consentement. Vincent et elle ont réussi à se sourire à la fin. Ce sourire, c'était le maximum de son approbation à elle, de son amour à lui.

Ce soir-là, il l'a suppliée de ne rien dire à son père et elle a accepté (de toute façon, elle ne lui parlait plus que très rarement – tout de même, elle n'a pu s'empêcher de penser qu'un couple, ce sont deux personnes affrontant ensemble les « situations », et que cette situation-là, ils allaient l'affronter séparément). Vincent redoutait la violence de sa réaction. Il n'avait pas tort. Quand il est finalement passé aux aveux, des mois plus tard, son père l'a chassé du domicile. Il a aussitôt trouvé un appartement en colocation dans West Hollywood et un boulot de vendeur dans un magasin de vêtements. Il n'a pas songé à venir habiter chez sa mère. Même temporairement. Même en dépannage. Ça ne lui est tout simplement pas venu à l'idée.

Laura Parker revient à elle lorsqu'elle aperçoit une main qui lui fait signe. Un client réclame qu'on lui remplisse son mug de café. Elle se précipite derrière le comptoir, se saisit du thermos et revient vers la table afin de répondre à la requête. En versant la boisson brûlante, elle présente des excuses, elle aurait dû remarquer que le mug était vide, aurait dû proposer de le remplir sans attendre qu'on le lui demande. L'homme, tout en continuant à feuilleter son journal, indique qu'il n'y a « aucun souci ». Et elle reste là, plantée, une poignée de secondes, avec ses excuses balbutiées, excessives, inutiles, sans savoir quoi faire, comment se comporter, presque désemparée. Et elle comprend qu'elle est un peu nerveuse, ce matin, qu'il faudrait davantage de flegme. Elle retourne déposer la cafetière puis se dirige vers l'entrée afin d'accueillir un couple souhaitant déjeuner. Du coin de l'œil, elle constate, avec soulagement, que Mario n'a prêté aucune attention à son affolement minuscule.

Alors commence le refrain des « Bonjour, comment ça va aujourd'hui », « Suivez-moi, je vous installe », « Je vous laisse le menu, je reviens dans cinq minutes », « Vous avez choisi ? » La litanie des commandes, le carnet coincé sur la hanche par la ficelle du tablier, le crayon sur l'oreille qu'on saisit et qu'on repose. La ritournelle des cheeseburgers (« vous l'aimez comment ? bien cuit ? à point ? »), des salades Cobb (« Vous ne voulez pas d'avocat, c'est ça ? »), des club-sandwichs (« La spécialité de la maison »), des Coca-Cola (« Un Diet Coke, pour vous madame, c'est noté »), des visites régulières (« Tout se passe bien ? »), des assiettes à débarrasser, des cheese-cake (« Vous verrez, il est très léger »), des additions, des pourboires, des tables à nettoyer, des nouveaux clients à installer. Le ballet incessant entre les tables, des banquettes aux cuisines et retour.

Elle concède que ça n'a pas été évident pour elle, au début. Non pas qu'elle se soit sentie déclassée, humiliée d'avoir à exécuter des tâches comme celles-ci, subalternes, peu gratifiantes, répétitives, mais tout bonnement parce qu'elle n'était pas habituée à une telle cadence. Les premiers jours, elle rentrait chez elle épuisée, les pieds endoloris, les jambes gonflées, les muscles du bras presque tétanisés. Ce n'est qu'au bout de deux ou trois semaines qu'elle a trouvé son rythme, apprivoisé son corps, dominé sa fatigue. Il y a autre chose : elle a dû s'accoutumer au bruit, aux conversations continues, au brouhaha perpétuel. Elle se remémore ses maux de tête. Il lui a fallu du temps pour s'en défaire. Les comprimés d'Ibuprofen n'y changeaient rien.

Bon, et puis, elle peut bien l'avouer maintenant : oui, c'est vrai, elle a eu l'impression de ne pas être à sa place, de ne pas avoir été préparée à cela, le travail, les horaires, l'uniforme, la subordination au patron, aux clients. C'était si différent de sa vie d'avant, si différent. Sa vie d'avant était protégée, cotonneuse. La nouvelle était turbulente, précaire. Elle s'est vue débordée, désarçonnée.

Aujourd'hui encore, ce sentiment perdure. Il lui semble qu'elle a été distribuée dans un rôle qui n'est pas le sien, et qu'elle interprète uniquement parce qu'elle n'a pas le choix. Il ne s'agit pas de prétention de sa part, ou d'une quelconque arrogance : la fatuité n'est pas son genre, et elle ne prétend pas être d'une espèce supérieure. Non, en réalité, elle croit qu'elle était faite pour être femme au foyer et mère de famille. Que c'était cela, son identité profonde, sa vocation. Toute autre situation lui apparaît comme une incongruité.

Pour autant, elle met un point d'honneur à bien faire le job qu'on lui a confié, ne serait-ce que pour satisfaire Mario qui l'a tirée d'un mauvais pas. Et également parce qu'elle est « fabriquée » ainsi. Elle met de l'ardeur, de la rigueur, de la discipline. Mais ce n'est pas elle. À la fin, ce n'est pas elle. Et elle est convaincue qu'on ne peut pas durablement vivre une vie qui n'est pas la sienne.

Samuel

Samuel se regarde dans le miroir et se trouve grotesque. Sa chemise est mal repassée (le manque d'habitude), sa cravate toute froissée (conséquence d'un trop long séjour sous une pile de vêtements jamais visitée) et son costume lui semble trop grand (ou est-ce lui qui a perdu du poids ?). Mais surtout il se rend compte qu'il n'est pas fait pour ces tenues d'apparat, ces costumes qu'on n'enfile que pour les grandes occasions. D'ordinaire, il ne porte que des jeans, des chemises en lin informes, des sandales. Il n'est pas du tout ce type-là qui se reflète dans la glace. Pas du tout cet homme apprêté. Il n'est pas fait non plus pour le noir, les tenues de deuil. Mais qui l'est ?

Malgré tout, peut-être devrait-il voir une aubaine à se déguiser de la sorte. Ainsi, aux obsèques, ce ne sera pas lui, pas tout à fait lui. Il sera en représentation, un acteur de comédie (de tragédie plutôt), s'obligeant à interpréter une partition, à tenir bon puisqu'il aura les apparences de la dignité. Ainsi le chagrin ne le jettera-t-il pas à terre. Il songe que seule une certaine schizophrénie est susceptible de lui faire surmonter pareille épreuve. Et ce costume ridiculement cérémonieux n'est-il pas le meilleur instrument de la schizophrénie ?

Il est tôt encore, à peine midi, Samuel décide pourtant qu'il est temps de prendre la route. Les admonestations de Claire ont produit leur effet : il ne veut pas courir le risque de se présenter en retard. Il pose ses Persol sur son nez, empoigne ses clés, ferme la villa, se dirige vers sa voiture et démarre en trombe : cela lui aura pris moins d'une minute. Il n'est plus temps pour les atermoiements, l'engourdissement, la torpeur.

Aussitôt, la Ford Mustang avale le bitume, accumule les miles. Accroché au volant, comme victime d'une hypnose, Samuel ne prête pas attention aux enseignes sur le bord de la route, ATT, Wendy's et autres Ralph's. Il ne s'intéresse pas davantage aux hôtels bon marché, aux parkings, aux centres commerciaux, aux stations d'essence. Il ne s'agace même pas de tous ces panneaux publicitaires qui incitent à avoir confiance dans les banques, quand tout le système s'écroule. Il ne s'émeut pas non plus des affiches « À vendre » qu'il aperçoit, accrochées aux maisons, il vient d'apprendre dans sa chair ce qu'est la précarité, ce que c'est que de tout perdre en un instant. Il se concentre sur la ligne jaune, les pointillés. La musique électronique diffusée à la radio fatigue ses tympans mais il ne songe pas à éteindre, ni même à changer de station. Il veille à respecter les limitations de vitesse mais continue de filer, sans entrave. Peu de trafic, c'est un miracle à une heure pareille. À peine un ralentissement ici ou là, à un embranchement d'autoroute, le long d'une voie fermée pour cause de travaux. Sur le côté, les fumées d'une usine, la silhouette étrange d'une grue, des murs antibruit tagués. Curieusement, la route a sur lui des vertus analgésiques.

Il évite de penser qu'il ne connaissait pas son fils, que des week-ends ne permettent pas de connaître réellement quelqu'un, que des rencontres sporadiques conduisent à demeurer nécessairement un peu en dehors, un peu à côté de l'intimité de l'autre. Il évite de penser que des pans entiers de l'existence de Paul lui sont parfaitement étrangers, que des épisodes peut-être marquants lui ont échappé, qu'il a été absent à de nombreux rendez-vous. Il évite de penser que, par la force des choses, il a été un père distant, distrait, et s'est accommodé de cette situation. Il évite de penser.

Soudain, en contre-plongée, c'est la ville. Los Angeles. À l'avant, les tours de *Downtown*, au pied desquelles grouillent les Latinos, et, dans le lointain, les collines d'Hollywood, qui abritent les riches. Au milieu, la longue étendue des maisons individuelles, ce rêve de propriétaires désormais avarié. Les boulevards forment des parallèles où s'accumulent les boutiques, les restaurants. Il suffit de repérer la file des palmiers gigantesques pour les délimiter.

De La Brea, il bifurque sur Santa Monica et roule machinalement vers City Hall. Il trouve facilement à se garer, au croisement de Sweetzer. Il coupe le contact et consulte l'heure au cadran : 1.02 pm. Il a près d'une heure d'avance. Le voilà soudain désarmé comme un mauvais élève qui aurait obtenu une bonne note. Il se tasse dans sa voiture, se sentant presque coupable.

Se rendant compte qu'il a tout bonnement oublié d'avaler quoi que ce soit depuis qu'il a mis le pied par terre, ce matin, il songe qu'il ne serait pas idiot de chercher un endroit où manger un morceau. Il repère la devanture du Joey's Café. Il est souvent passé devant en raccompagnant Paul chez sa mère, mais n'y est jamais entré. C'est l'occasion ou jamais.

Laura

Dans la masse des clients du Joey's, il y a, en gros, trois catégories.

D'abord, celle des touristes de passage, des étrangers qui ne maîtrisent pas l'anglais et avec lesquels elle a des difficultés à communiquer (dans ce cas, elle fait appel à Jake qui possède un vrai don pour les langues), des égarés entrés par hasard parce qu'ils ont faim ou soif, des curieux qui ont entendu parler de l'établissement et tiennent à se rendre compte par eux-mêmes. Quand ils se présentent, elle leur adresse un sourire poli et son maintien est légèrement suranné. Quand ils sont à table, elle conserve une distance polie. Quand ils s'en vont, elle se doute qu'elle ne les reverra probablement jamais.

Ensuite, les gens du quartier : des employés de banque ou des vendeurs de fripes qui viennent déjeuner sur le pouce pendant leur pause, des filles en bande qui étudient dans le coin et ne consomment que des salades, des voisins paresseux n'ayant pas le courage de préparer à manger. Avec eux, elle parle des travaux sur la façade d'à côté (qui vont durer encore quatre semaines), de l'accident qui s'est produit au carrefour (juste des dégâts matériels, Dieu merci), de ces micro-événements qui inventent une communauté. Pour eux, elle est une silhouette, ou un meuble.

Enfin, il y a les habitués, les familiers. Ceux qui n'ont même pas besoin de passer commande : on sait ce qu'ils mangent, ils ne dérogent que très rarement à leurs habitudes, et lorsqu'ils le font, préviennent d'emblée. Ils font partie du décor. À ceux-là, on demande des nouvelles de leur petit ami, de leur fiancée, de leurs enfants, de leur boulot ; on prend le pouls de leurs humeurs. Avec le temps, on a l'impression de les connaître. C'est une fausse impression car on ne connaît jamais vraiment les gens, et surtout ceux qu'on ne rencontre qu'en une seule circonstance, en un lieu unique mais peu importe puisqu'on se sent une connivence, presque une intimité.

Les familiers, Laura les écoute parce qu'ils ont sans cesse besoin de se confier, et ne sont, de toute façon, intéressés que par leurs propres états d'âme. Et cette répartition des rôles lui convient : elle répugnerait à se livrer. Et, du reste, que dirait-elle ? Que son mari et ses enfants lui manquent, que sa maison de Los Feliz lui manque ? Qu'elle n'a pas sa place dans cette époque ? Pourraient-ils entendre de tels aveux ? Les croiraient-ils ? Ne les trouveraient-ils pas misérables ? Qu'y comprendraient-ils ? Mieux vaut encore se taire.

Avec eux, au commencement, elle a dû faire ses preuves. Car il convient d'être adoubé par ces joyeux drilles pour espérer être gardé. Ne pas leur plaire, c'est être condamné à être chassé, un jour ou l'autre. Le commerce a ses lois, les bons clients ont toujours raison, Mario en tout cas leur donne toujours raison. Et il faut admettre qu'elle ne les a pas séduits, dans les premiers jours : trop vieille, trop « normale », pas assez chaleureuse. Les habitués préfèrent les serveurs comme Jake : jeune, gay, exubérant. Néanmoins, peu à peu, elle a réussi à les convaincre. Ils se sont laissé fléchir par sa générosité, son désir de bien faire. Peut-être même que sa « candeur » les a émus (une forme de pureté, si rare, dans ce monde compromis). Et puis, surtout, ils n'ont pas été peu fiers de parvenir à la dérider, la décoincer. L'obligeant à sortir d'elle-même, à plaisanter, lui apprenant le sens de la repartie. Pour autant, elle ne va pas jusqu'à se montrer caustique, ce qu'ils regrettent un peu, eux chez qui la méchanceté gratuite peut surgir si facilement, ne serait-ce que pour faire un bon mot. Malgré tout, ils ne l'ont jamais délestée de cette tristesse qu'ils devinent chez elle, même si elle la dissimule avec habileté. Il y a une part d'elle qui leur reste obscure, inaccessible. Ils ignorent que ce qu'elle porte en elle est une bombe prête à exploser.

Grâce à eux, en tout cas, le temps passe vite. Les heures filent. Ce n'est pas seulement lié à l'urgence, au coup de feu, aux nombreuses sollicitations : c'est dû à l'accaparement de son esprit. En fait, Laura n'a pas l'occasion de penser. Elle est entièrement concentrée sur son service, sur les exclamations et les peines de ses petits préférés, et sur les interpellations de tous les autres.

Aujourd'hui, cette application, cette tension sont encore plus que d'habitude les bienvenues : elles lui évitent d'être rattrapée par la perspective de sa mort prochaine.

Tom et Susie sont les premiers habitués à faire leur apparition. Laura les aime bien, ces deux-là. Toujours unis, inséparables en dépit de leur jeunesse. Ils se sont rencontrés sur les bancs de l'université, ne se sont plus quittés. Elle un peu hippie, vaguement féministe, et lui distrait, vaguement scientifique. Une rousse piquante et un grand échalas. Pas beaux, ni l'un ni l'autre, mais bourrés de charme. Désaccordés au premier regard et allant pourtant si bien ensemble. Depuis près d'un an, Tom et Susie essaient de faire un bébé sans y parvenir. Au début, ça les a amusés, l'obligation de viser juste, de ne pas rater le coche. Ça leur a permis de croire que tout cela n'était qu'un jeu, de ne pas être effrayés par leur décision. Et puis, c'est devenu un objet de moquerie, leur façon de louper à chaque fois, leur « maladresse ». Ils ont préféré en rire. Aujourd'hui, ils ne rient plus ; le jeu ne les fait plus rire. Ils voudraient que ça marche et ça persiste à ne pas marcher. Et ils ne savent pas s'ils doivent être en colère ou affligés. La vérité, c'est qu'ils sont inquiets. Laura, elle aperçoit cela sur eux, l'inquiétude. Dans l'affolement des paupières de Susie quand elle évoque le bébé, dans la nervosité des mains de Tom aussi. Comme s'ils se détraquaient progressivement. À la façon de ces danseuses électriques qui tournent sur des socles et dont le mouvement ralentit puis reprend de manière erratique lorsque les piles se déchargent. Ils annoncent à Laura qu'ils ont pris la résolution d'aller consulter un médecin et de subir des tests afin de vérifier leur fertilité. Et ils redoutent le résultat, même s'ils ne le formulent pas ainsi. Parce qu'ils devinent qu'un verdict défavorable pourrait condamner leur couple, en tout cas l'endommager sévèrement. Ils croient qu'un couple fonctionne sur un espoir partagé et se brise sur la fin de cet espoir. Laura ne rétorque rien quand ils expriment, en formules alambiquées, cet axiome. Elle sait qu'ils ont raison mais se garde bien d'ajouter encore à leur pessimisme. Elle « croise donc les doigts » pour que les résultats soient bons. Elle admire leur désir têtu d'enfant et cette volonté, si anachronique chez d'aussi jeunes gens, de passer leur existence ensemble. Elle leur apporte à lui un cheeseburger, à elle une salade César. C'est chaque fois pareil.

Juste après les avoir servis, elle voit entrer l'écrivain français. Même si son anglais est convenable, elle a compris dès le premier jour qu'il était un étranger et ne s'est pas vraiment intéressée à lui. Et puis, il est revenu, il revient tous les jours et elle l'a fait pénétrer, avec l'assentiment de Mario et de Jake, dans le cercle restreint et envié des familiers. Elle sait un peu de sa vie désormais : il s'est installé sur Sunset Boulevard, juste en face du Château Marmont, a quitté Paris parce qu'il considère que c'est une ville abrasive et elle, ça la sidère, parce qu'elle croit ce qu'on lui a toujours expliqué, que Paris est la plus belle ville du monde. Il fait des romans et ça l'étonne parce qu'elle pensait que c'était une occupation réservée aux femmes, elle se disait que les hommes écrivaient des essais, ou du théâtre, mais pas des histoires sentimentales. Elle a l'idée que les hommes ne sont pas sentimentaux. Elle ne connaît pas d'hommes sentimentaux. Il écrit un roman qui se passe sur la côte atlantique française, un huis clos entre un père et son fils, il n'en dit pas davantage, il est secret, ou pudique, ou superstitieux. Elle pencherait pour superstitieux. Parfois, sans qu'il s'en doute, elle le regarde écrire, concentré sur l'écran de son ordinateur, elle regarde son immobilité, et puis d'un coup, le mouvement de ses mains, l'agilité, la vivacité, et elle se demande ce qui est à l'œuvre, quel mécanisme, quel emportement. Un jour, il lui a dit qu'il pourrait écrire son histoire à elle, « l'histoire de Laura Parker », ce sont les mots qu'il a employés et elle a haussé les épaules, répliqué qu'elle n'avait pas d'histoire et il lui a dit qu'elle se trompait, que tout le monde avait une histoire, et que ceux dont l'histoire était la plus intéressante étaient ceux à propos de qui on ne détectait rien à l'œil nu. Il a dit qu'il ne peignait pas les choses, mais au-delà des choses, que pour lui un nageur était déjà un noyé. Il a précisé que la phrase n'était pas de lui, mais qu'il la reprenait à son compte. Depuis, Laura se demande si l'écrivain français a compris qu'elle est en train de se noyer. Elle dépose sur la table à côté de l'ordinateur une salade Cobb, où on a pris soin de ne pas mettre d'avocat. L'écrivain n'aime pas l'avocat.

Aux autres tables, un couple d'homosexuels (si on peut nommer couple deux garçons qui ont couché ensemble trois ou quatre fois et lorgnent déjà le cul de chaque nouvel arrivant bien fait de sa personne), un homme d'une quarantaine d'années, en costume sombre, seul, l'air soucieux, deux jeunes filles qui se font face sans s'adresser la parole puisqu'elles pianotent sur leur téléphone portable sans jamais relever la tête, un groupe de quatre types qui arrivent du sport et dont les torses pourraient faire craquer les tee-shirts, une des caissières de Gelson's, un concentré de Los Angeles.

Samuel

Samuel s'est installé directement au comptoir. Il a l'impression qu'on le remarquera moins, assis comme ça, sur un tabouret, de dos, face aux étagères, au percolateur géant, aux verres alignés. Moins que s'il opte pour une table, une banquette. Non pas que les gens aient l'air en représentation dans ce café dont l'atmosphère d'emblée lui convient (au contraire, il leur trouve une certaine discrétion). Mais il n'a pas envie d'être au centre, pas envie qu'on le regarde, même par inadvertance. Et puis, de toute façon, il ne fait que passer.

Un type aux cheveux gris, économe de son sourire, dépose un menu devant lui, en lui demandant s'il prendra un café. Il opine. Dans le menu, il choisit un petit déjeuner, blancs d'œufs aux tomates, fruits frais, toasts. Ce n'est plus vraiment l'heure mais il a repéré une pancarte où il est mentionné : *Breakfast served all day*. Il montre du doigt sur le menu, pour ne pas avoir à parler, ou comme s'il était un étranger ne maîtrisant pas la langue. Au fond, il est un étranger.

Il attend qu'on lui apporte sa commande, les épaules voûtées, inerte. Il n'a pas à se forcer pour ne pas bouger, ne pas se retourner : peu lui importe ce qui se trame dans son dos, il sait que la vie suit son cours, que chacun poursuit son histoire. Certes, tous ensemble, dans ce café, ils ne forment qu'un rassemblement de hasard mais, là, malgré tout, ce sont des existences en marche, des destins qui persistent à se jouer. Il baisse la tête, comme pour entrer en lui-même, écouter une musique personnelle, une musique qu'il serait seul à entendre.

C'est une chanson, paradoxalement, qui le ramène à la réalité, une chanson diffusée dans les enceintes accrochées au plafond, un standard américain, qu'il n'a jamais vraiment aimé, ou plutôt qui a toujours glissé sur lui, comme le font quelquefois les airs trop connus. Il tente de se rappeler le nom du chanteur, sans y parvenir. Fichue mémoire, décidément. Un garçon un peu mélancolique, avec des cheveux ébouriffés, qui jouait du piano. Ça devait être dans les *seventies*. Qu'a-t-il pu devenir ? Si ça se trouve, il est mort. Mais aujourd'hui, Samuel retient les paroles.

When I was young
I never needed anyone
And making love was just for fun
Those days are gone

Livin' alone
I think of all the friends I've known
When I dial the telephone
Nobody's home

Il relève la tête. Dans un miroir accroché à un pan de mur, qu'il n'avait pas remarqué jusque-là, il entrevoit une femme d'une quarantaine d'années, à l'allure élégante. Il lui semble que la femme a articulé en silence les paroles de la chanson. Les connaît-elle par cœur ? A-t-elle obéi à un réflexe ? Ou, au contraire, est-ce qu'elles possèdent, pour elle, une puissance évocatrice ? Mais peut-être s'est-il mépris. Peut-être a-t-il rêvé, inventé ce moment.

Le type aux cheveux gris dépose sa commande devant lui, sans cérémonie. Samuel observe son assiette : tout y a l'air appétissant, mais il devine qu'il ne va rien pouvoir avaler. Les blancs d'œufs sont quelque part entre le brouillé et l'omelette, recouverts de tomates fraîches et de basilic. Sur le côté, dans un bol, sont disposés des fraises, des mûres, des morceaux d'ananas. Il plante sa fourchette dans les blancs d'œufs, pour former une bouchée, mais finalement renonce. Il ne touchera à rien, se contentant de se saisir de son mug et de boire un peu de café. C'est plus fort que lui, son corps refuse. Pourtant, il voudrait tellement ne pas avoir l'air lamentable. Ne pas attirer l'attention.

Pour se donner une contenance, il jette à nouveau un coup d'œil dans le miroir. Il voit le reflet d'un homme pianotant sur un ordinateur, d'un jeune couple, et à nouveau la serveuse à l'allure élégante. Elle discute avec un garçon un peu extravagant, ou plutôt elle lui murmure à l'oreille et lui, il roule des yeux, s'esclaffe, comme s'il ne pouvait pas faire les choses normalement, comme s'il devait les exagérer. Cependant, il y a de l'affection entre ces deux-là, et même de la tendresse, comment ne pas s'en apercevoir ? Il est frappé par leur connivence car ils ont l'air si différents. Cela les lui rend aussitôt sympathiques : il aime les gens désaccordés qui s'entendent.

Puis il contemple par la fenêtre la circulation sur Santa Monica Boulevard, la devanture de la mairie où travaille Claire, ce coin de Los Angeles qui lui est si familier car il y vient tous les dimanches soir depuis quinze ans et qu'il ne fréquente pas cependant, dont il ne sait presque rien. Il songe qu'il ne viendra plus ici le dimanche soir, ni aucun autre jour. Il songe qu'il est entré dans ce café pour la première et la dernière fois. Il songe à tout ce qui ne se reproduira plus.

Le type aux cheveux gris s'approche de lui alors qu'il ne s'y attend pas, et, constatant qu'il n'a pas touché à la nourriture, lui lance, suspicieux : « Ce n'est pas bon ? » Samuel fait non de la tête, dans un court affolement : « Je n'ai pas d'appétit, c'est tout. » Mais il comprend qu'il est de trop désormais. Un intrus. Une sorte de mauvais œil. On ne le lui fait pas sentir. Néanmoins il constate qu'il n'est pas comme les autres, il ne leur ressemble pas, il n'a pas leur aisance, cette manière d'être à la bonne place, de l'avoir méritée. Samuel se demande si c'est le deuil qui le met à part. Ou s'il porte depuis plus longtemps cette bizarrerie. Depuis toujours ?

D'un geste, il demande son addition et on la lui apporte sans faire de commentaires supplémentaires, sans même un regard de reproche ou de sympathie, dans une parfaite neutralité. Il règle ce qu'il doit, abandonnant sur le comptoir son assiette intacte. Et quitte les lieux, la tête rentrée dans les épaules, comme marqué par la honte. Mais de quoi devrait-il avoir honte ?

Il se réfugie dans sa voiture, s'arrime au volant, n'allume pas le contact, consulte les cristaux liquides de l'horloge de bord. Il ne lui reste qu'une demi-heure à tuer.

En sortant du café, tout à l'heure, il jurerait que la femme à l'allure élégante lui a souri. Et qu'il y avait dans son sourire, pardon pour le gros mot, une complicité. Mais cela aussi, il l'a peut-être rêvé.

Laura

Lorsque le rythme ralentit ou que le hasard apporte un calme imprévu, Mario autorise Laura et Jake à aller se griller une cigarette sur le parking à l'arrière du café. Il sait qu'ils n'aiment pas y aller chacun leur tour, et trouvent, l'un et l'autre, un peu glauque de fumer seul, en vitesse, à l'abri des regards. Alors il les laisse s'éclipser ensemble, quitte à ralentir le service. Il pallie leur absence, le temps de ce curieux cérémonial, marmonnant qu'il est « trop bon ».

Laura a fumé lorsqu'elle était étudiante puis arrêté dès qu'elle est tombée enceinte de son premier enfant. Et n'a plus recommencé. Du moins jusqu'à ce qu'elle soit embauchée au Joey's et qu'elle rencontre Jake. Elle fume une seule cigarette par jour, une Marlboro Light, et c'est en sa compagnie. Encore un rituel. Décidément, elle est une femme de rituels.

Il n'est pas rare qu'ils en aperçoivent d'autres qui font comme eux, à l'arrière de leurs établissements. Ils forment une sorte de chaîne, la chaîne des réprouvés qu'on condamne au-dehors afin qu'ils assouvissent leur plaisir coupable. Ils se saluent de loin en loin, se sourient quelquefois. Ce moment, du reste, est, le plus souvent, la seule intimité qu'ils partagent. Il ne leur viendrait pas à l'idée de se rencontrer dans d'autres circonstances.

Très vite, entre Laura et Jake, la conversation roule sur l'élection. Le jeune homme ne tient pas en place, il voudrait être à ce soir, connaître déjà le résultat. À mesure que la journée avance, il est moins sûr : qui sait si la Floride ne va pas à nouveau jouer un sale tour ? La Caroline du Nord et l'Ohio l'inquiètent également. Il n'a jamais mis les pieds dans ces États, serait à peine capable de les situer sur une carte, mais, depuis des semaines, on ne parle que d'eux, ce sont eux qui feront la différence. Et, à la fin, dans l'isoloir, les électeurs de ces coins-là, est-ce qu'ils ne vont pas avoir la main qui tremble ? Laura voit sa fébrilité et ne s'en moque pas. Elle a simplement retenu son expression : « Je voudrais être à ce soir. »

Il s'énerve aussi contre ce système électoral bizarroïde où le gagnant d'un État emporte la totalité des voix des grands électeurs. Pourquoi ne pas compter les voix au niveau national, ce serait plus simple, et tout bonnement plus démocratique ? Il houspille Laura, comme si elle était responsable de cette bévue (tout de même inventée par les pères fondateurs pour respecter la notion d'États). Elle ne s'en offusque pas. Elle sait que, en toutes circonstances, le vainqueur gagne tout, et que le perdant reste avec rien.

Comme il lui demande si elle a voté (la première fois qu'il lui a posé la question, il ne lui a pas laissé le loisir de répondre), elle explique enfin qu'elle n'ira pas, qu'elle n'y est jamais allée, qu'elle ne s'est jamais sentie concernée par ces histoires de gouvernement, n'a jamais compris à quoi sert Washington, et puis c'est si loin Washington. Devinant que Jake va bondir en apprenant qu'elle n'accomplira pas son devoir, elle prend les devants, prétendant n'être pas compétente, pour s'excuser de son abstention. Ça ne manque pas : le garçon tombe des nues et aussitôt s'insurge, s'emporte, lui assène qu'elle a tort, cent fois tort, et que voter est un devoir, « une obligation morale ». Il ajoute qu'il faut « impérativement » et « définitivement » tourner la page des années Bush. « Tu te rends compte, nous aurons honte, plus tard, d'avoir eu un président comme celui-là, et là, on nous donne l'occasion de nous rattraper, tu ne vas pas la manquer ! » Laura tire sur sa cigarette pour éviter d'avoir à s'expliquer. Mais Jake insiste : « Et puis, en ne votant pas, tu files une chance à cette cinglée de Sarah Palin de devenir vice-présidente. Tu l'imagines, l'icône des racistes et des vieux, à la Maison-Blanche, si McCain clamse, ce qui a des chances d'arriver vu qu'il a soixante-douze ans et trois cancers ?! » Laura sourit devant la fougue de son camarade, et sa façon un peu crue de s'exprimer. Jake alors se fait plus grave : « Laura, tu n'as pas compris que ce pays est malade ? Malade ! On doit faire quelque chose. Obama peut faire quelque chose pour nous sauver. » Le sourire de Laura se referme. Elle sait que rien ni personne ne pourra la sauver, elle. Elle n'attend ni sauveur ni rédemption. Pour elle, c'est terminé. À quoi bon aller voter quand on sait qu'on ne sera plus en vie au moment de la proclamation du résultat ?

Mais cela, Laura ne peut pas l'avouer. Elle s'interdit absolument cette confession, convaincue qu'elle ne doit rien laisser filtrer de sa résolution. Sinon, elle se condamne. Celui à qui elle se confierait chercherait par tous les moyens à l'empêcher de commettre l'irréparable. Jake le premier, le doux, l'exubérant Jake tenterait tout pour arrêter son geste. Et elle ne veut pas qu'on arrête son geste. Elle n'a pas pris sa décision à la légère.

Bien sûr, elle pourrait laisser filtrer un indice, un indice minuscule, qui ne permettrait pas à son acolyte de deviner ce qui se trame mais lui ferait comprendre, a posteriori, dans quel état d'esprit elle se trouvait lors de leur conversation. Ce serait quoi, une indication pareille ? Une fatigue ? Un revers de la main ? Un regard trop appuyé ? Un raclement de gorge ? Une phrase sibylline ? Elle n'aura pas l'occasion de trancher ce questionnement : Mario ouvre d'un grand coup sec la porte de derrière et les réclame en salle, des clients viennent de débarquer, huit d'un coup (la bonté a ses limites).

Ils jettent l'un et l'autre leur cigarette de concert, l'écrasent pareillement du bout du pied et reprennent leur service.

Laura retrouve les banquettes de moleskine et les tables sombres, l'ardoise géante et les mots dessinés à la craie, les hommes et leur brouhaha indistinct. Si le café était un théâtre, elle dirait qu'elle vient de quitter les coulisses pour rejoindre la scène. Le café est un théâtre, pense-t-elle, tout à coup, frappée par l'évidence. Avec son décor et ses comédiens. Et même si les comédiens changent et que les textes ne sont jamais identiques, c'est bel et bien toujours la même pièce qu'on joue.

Sans parvenir à le formuler, elle songe que cet éternel recommencement réunit l'éphémère et l'immuable. Alors qu'elle n'est, d'ordinaire, nullement portée à ce genre d'introspection, la voici qui réfléchit aux choses périssables et aux choses permanentes. Elle songe que demain, et les jours d'après, le Joey's ouvrira ses portes, accueillera des clients, pour une nouvelle représentation, et que la vie continuera, et qu'elle n'en sera pas, et qu'on ne fera pas la différence.

Un détail la détourne de sa philosophie à la petite semaine et la ramène dans le concret : elle observe qu'au bout du comptoir, l'étal où sont disposés cookies et muffins s'est vidé rapidement. Il y a des jours comme ça où les pâtisseries partent très vite, où elle est obligée de s'excuser auprès des clients, et d'autres où il faut en jeter à la poubelle, à l'heure de la fermeture, parce que personne n'en a voulu. L'existence de Laura Parker se sera fixée sur les détails. Aura été gangrenée par les détails, peut-être.

À la maison, celle de Los Feliz, elle veillait toujours à ce que personne ne manque de rien, qu'il y ait des bières dans le frigo afin que Michael puisse s'accorder cette détente en rentrant de sa journée de travail, qu'il y ait du jus d'orange pour les enfants, que les vêtements soient propres et les chemises repassées, elle tenait à ce que les siens ne soient jamais ralentis ou indisposés par les soucis matériels, elle considérait que c'était sa fonction de les mettre dans les meilleures dispositions possibles. Et quand, parfois, elle s'apercevait, mais trop tard, qu'elle avait oublié d'acheter les Bud ou de laver le tee-shirt préféré d'Arthur, elle s'en voulait, estimant qu'elle avait failli dans sa mission, et ça pouvait la miner, des heures durant. Elle se sera rongée pour ça, les contingences.

Elle reprend son ballet, ce pas de danse réglé de la salle aux cuisines et des cuisines à la salle, assiettes posées sur la paume de la main et le revers de l'avant-bras, verres à pied coincés entre les doigts s'entrechoquant sans se briser. Elle a su trouver (cela lui a demandé quelques semaines) le bon équilibre entre la vivacité qu'exige le service et le flegme à adopter pour ne pas perturber les clients. Car celui qui mange a deux phobies : attendre trop longtemps et être dérangé par un serveur martelant ses pas et courant dans tous les sens. Elle est devenue une patineuse habile, efficace, discrète.

Tandis qu'elle passe d'une table à une autre, d'une commande à une addition, elle aperçoit, derrière son épaule, la rousse Susie qui prend congé de son grand échalas. Elle se rappelle alors que Susie donne quelques cours de l'autre côté de la ville, elle s'en va probablement rejoindre ses élèves. La jeune femme claque un baiser rapide sur la bouche de son compagnon, ébouriffe ses cheveux, enfile la bandoulière de son sac autour de son épaule et détale, saisie par l'urgence, ayant probablement découvert qu'elle s'est mise en retard. Tom la regarde partir avec un léger sourire, où Laura devine de la tristesse, puis baisse la tête et noue les mains autour de son mug de café, comme s'il entrait en prière. Et la serveuse est, une poignée de secondes, immobilisée par cet étrange recueillement, avant de reprendre ses allées et venues. Cependant, chaque fois qu'elle revient de la cuisine, en poussant le battant des portes elle ne peut s'empêcher de jeter un coup d'œil dans sa direction et de constater qu'il ne change pas de position. Et cela la décontenance, la distrait. Elle n'aime pas sentir un de ses « familiers » dans la détresse.

Le scrutant plus précisément, elle prend conscience qu'il pourrait presque être son fils. Quel âge a-t-il ? Vingt-cinq, vingt-six ans ? Oui, c'est ça, il doit avoir à peine plus de trois ans que son aîné. Est-ce pour cette raison qu'elle se sent si proche de lui, tout à coup ? Se pourrait-il qu'il soit une version gentille et touchante de sa progéniture ? Et cet élan qui la pousse vers lui, serait-ce celui qu'elle a toujours stoppé quand il s'est agi d'aller vers ses propres enfants ?

Ayant repéré que son mug était vide, elle s'approche de Tom dans le but de lui proposer de le remplir (un prétexte comme un autre pour ne pas le laisser seul). Le jeune homme relève la tête vers elle avec un air misérable. Elle est décidément frappée par la maussaderie qu'il révèle ainsi et, avant même qu'elle n'ait eu le temps de dénicher une formule aimable destinée à détendre l'atmosphère l'air de rien, il lui saisit la main. Jamais il ne s'est autorisé un geste pareil : elle en est stupéfaite et a le réflexe de tourner le visage en direction de la salle, un peu affolée, pour vérifier si quelqu'un les observe. Mais personne ne s'intéresse à eux, les conversations continuent et même Mario est occupé derrière son comptoir. Elle revient à Tom qui la supplie de s'asseoir. « Juste une minute, tu veux bien ? » Elle est prise au dépourvu, n'étant pas autorisée à s'asseoir avec la clientèle, devant assurer son service. Pourtant, Tom, en cet instant, lui paraît si démuni qu'elle accède à sa requête. Les clients persistent à ne s'apercevoir de rien. En revanche Mario, cette fois, a remarqué leur manège. Mais, curieusement, il ne dit rien, ne fronce même pas les sourcils et s'en retourne à ses occupations : cette indifférence sonne pour elle comme un acquiescement. La voici donc désormais installée face à Tom qui n'a pas lâché sa main et qui, tout à trac, lui lance : « Tu en voulais, des enfants, n'est-ce pas ? » Et, ne lui laissant pas l'occasion de répondre, il enchaîne : « Tu aurais pu ne pas en avoir ? Sachant que tu en voulais... » Elle comprend l'origine de son tourment. Constate qu'il a déjà intégré la défaite, la mauvaise nouvelle pourtant pas encore tombée, qu'il se situe déjà dans le coup d'après. Une femme peut-elle renoncer a devenir mère, alors même qu'elle en a envie, qu'elle en rêve ? Elle ne s'est jamais posé cette question, n'ayant jamais eu à se la poser. Mais là, maintenant, si elle doit réfléchir, alors oui, bien sûr, ça lui semble une perspective horrible. Si elle n'avait pas eu Arthur et Vincent, son existence aurait été désertée. C'est l'image qui lui vient, en effet : celle d'une étendue désertique. Pas d'arbres, pas de point d'eau, une plaine morne, des pierres, des cailloux, un horizon qui toujours se dérobe, une marche interminable dans le néant. Elle, elle a vécu dans une oasis. Un lieu de verdure, d'eau fraîche, un enchantement. Elle souhaite cela à toutes les femmes. Toutes. Alors comment avouer à Tom l'amputation que ce serait de ne pas avoir d'enfants ? Elle ne se sent pas la force de lui asséner un tel coup. Songe à mentir. Ne sait pas mentir. Il faudrait trouver autre chose. Autre chose que la vérité et le mensonge. Elle pourrait lui balancer : « Oui, c'est formidable, les enfants. Mais un jour, ils te lâchent, ils s'en vont, tu ne les intéresses plus, tu deviens un poids mort pour eux, ou une chose exotique, et tu souffres, et ils ne s'en rendent pas compte, ça leur échappe complètement, et ils sont si lointains que tu ne peux de toute façon rien leur dire de tes états d'âme, c'est fichu, tu es fichue, et tu penses à te tuer, et ils ne te retiennent pas, tu devrais être retenue de te tuer par eux, ne serait-ce que pour leur épargner ça, la brutalité d'un suicide, mais tu es tellement écrasée par ton inutilité que tu y vas quand même, tu t'enfonces dans la disparition, tu vas jusqu'au bout de la logique de disparition. » Mais, évidemment, elle ne dit pas ça. S'en veut même de l'avoir pensé. Chasse la pensée comme on réprime un dégoût. À la fin, elle reste avec son mutisme, son mutisme lamentable, incapable d'articuler une phrase de réconfort, convaincue que tout tomberait à plat. Elle ne trouve rien de mieux que de serrer la main de Tom, et, dans cette seule pression, il mesure l'étendue du désastre qui l'attend. Aussitôt, elle voudrait corriger cette impression, mais c'est trop tard, le mal est fait, il est irrattrapable. Elle finit par dire, presque malgré elle : « Attendez d'avoir fait les examens. Il sera toujours temps de penser à ces choses-là. » Et c'est pire encore. Sa réplique fait l'effet d'une aumône jetée dans une soucoupe, ou d'un pansement sur une jambe fracturée. Laura voit combien elle déçoit Tom, à quel point elle n'est pas à la hauteur. A-t-elle jamais été autre chose qu'une femme qui déçoit ?

Au fond, elle aurait dû lui dire : « Nous sommes les individus sans avenir, les éclopés voués à ne pas être sauvés. » Elle aurait dû l'embrasser comme s'étreignent les naufragés, juste avant de sombrer ensemble. Si elle ne l'a pas fait, c'est parce qu'elle est plus avancée que lui dans la détresse. Beaucoup plus avancée.

En se relevant, puis en s'éloignant à pas lents de la table (presque sur la pointe des pieds, comme on prend congé d'un malade), Laura se rend compte que l'écrivain français n'a rien raté de la scène. Elle se demande si tout ça finira dans un de ses satanés bouquins.

Samuel

D'abord, Samuel ne reconnaît pas Claire. Enfin, si, bien sûr, il la reconnaît. Mais ce n'est pas elle, pas vraiment elle. Il y a le noir, évidemment. Le noir de la robe. Si inhabituel. Si frappant. Mais il y a surtout les larmes, plus exactement la marque des larmes. Elle pleure depuis des jours et c'est là, encore, dans son visage désormais sec, cette dévastation. Ça lui fait le regard différent, comme délavé, et puis les joues creuses, et des cernes. Le visage est un territoire saccagé.

Devant Samuel, Claire pourrait tout montrer, s'écrouler, ce ne serait pas grave, tout le monde comprendrait, mais non, elle s'oblige à la dignité, l'embrassant avec une certaine raideur, presque un embarras. En réalité, les larmes ont été réservées à son mari, sa vraie famille. Elle l'accompagne jusqu'au salon, où ont pris place les proches. Il salue d'un geste de la tête ses anciens beaux-parents, ainsi que Dillon. Il ne sent pas d'animosité de leur part. Plus maintenant. Il y a juste de la tristesse, une tristesse écrasante, à laquelle nul n'a eu le temps encore de s'habituer. Il y a le silence, juste dérangé par le bruit d'une cuiller dans une tasse de café, ou d'une sirène de pompiers dans la rue, et par quelques apartés en forme de chuchotements et de soupirs.

Pas d'enfants autour du buffet – frugal – dressé pour l'occasion. On a dû les prier d'aller rendre visite à des camarades. On a dû penser que leur place n'était pas autour d'un cercueil. Les filles de Claire et Dillon ont douze et huit ans. C'est en effet un peu jeune pour être confronté à pareille désolation.

Samuel s'assoit sur la chaise que Claire lui indique. Il est encombré de sa carcasse, ne sait pas quoi faire de ses mains, les frotte contre ses cuisses jusqu'aux genoux, sans trop savoir pourquoi. Se balance comme le font les gamins dans les salles de classe, parfois. Il est le chenapan du Mississippi une fois de plus, pris en faute, et qui a peur des représailles, de la violence du grand frère sur son corps trop maigre. Où vont se loger les névroses...

Il ne sait pas très bien ce qu'on attend. En l'occurrence, le signal de Claire. C'est elle qui sait ces choses-là, le moment du départ, le temps de trajet (on ira à pied, c'est à peine à un demi-mile), l'heure de la cérémonie. Elle a tout organisé, le cercueil, les fleurs, le pasteur, l'office, les chants, tout. Il suffit de suivre ses instructions.

Samuel jette un œil autour de lui : au fond, c'est un intérieur qu'il connaît mal, il y est si rarement entré. L'ensemble est décoré avec goût, avec sobriété. La demeure idéale de la classe moyenne. Il pense cela sans le moindre dédain. Alors que lui est désormais installé sur un champ de ruines, il se dit que cette normalité, ce confort ne sont pas méprisables – au contraire – car ils seront sans doute utiles à Claire pour remonter la pente.

Soudain, il tombe sur une photo encadrée. Une photo de Paul, sur une commode, à côté de la télévision. Il doit avoir dix ans. Il est très beau. C'est un jour de grand soleil, la lumière rebondit sur ses joues. C'est un instant d'insouciance, on ne lui a pas demandé de poser, on lui a volé cette grâce, et c'est tant mieux. Il est très beau, oui. Il se ressemble. Il ne sourit pas.

Quand Samuel détourne son regard, il croise celui de Claire. Ce qu'ils échangent alors s'appelle le désespoir des naufragés.

Parce que c'est plus qu'il ne peut en supporter, il ferme les yeux. Il ne veut plus voir ces gens, sentir l'affliction générale.

Il ferme les yeux et c'est pire encore.

Comme si, parfois, il fallait plonger dans sa nuit la plus noire. Comme si, dans l'horreur, il existait toujours une strate supplémentaire.

Il voit l'esplanade du lycée, un rectangle de verdure traversé par des allées goudronnées, ponctué d'arbres, des panneaux de basket. Il voit des garçons assis en tailleur sur l'herbe, des filles qui parlent entre elles, tenant des cahiers entre leurs bras repliés sur leur poitrine, un automne ensoleillé, indolent. Il ne voit pas son fils, il le cherche. Il voit le grand escalier, l'escalier monumental cerné de colonnes, qui conduit dans le hall, il gravit les marches comme s'il était armé d'une caméra. À l'intérieur, c'est plus sombre, plus frais aussi, plus calme. Il s'agit d'un temple, le temple de l'éducation, on y parle bas. Sur un côté, des panneaux d'affichage, recouverts de documents officiels et de petites annonces. En face, un guichet d'accueil, mais personne derrière. La sensation du vide. Et de quelque chose qui ne serait pas usuel. Il continue d'avancer, bifurque dans un couloir, le couloir lui semble long, interminable, encadré par des portes toutes fermées. À force d'avancer, il repère enfin une porte ouverte, celle de la salle de sports. Intrigué, il entre. Ici non plus, pas âme qui vive, on jurerait que les lieux ont été abandonnés, évacués. Il aperçoit un placard entrouvert, au-dedans : des cordes à sauter, s'il était venu avant il saurait qu'il en manque une mais il n'est jamais venu avant. Dans le fond de la salle, un pictogramme indique les toilettes des hommes. Il s'y dirige. La pièce est très claire, presque entièrement blanche, du carrelage partout, et des miroirs qui reflètent ce carrelage, et des néons, blancs eux aussi, l'idée d'une pureté clinique, et toujours personne, toujours le désert, quelque chose qui cloche décidément. Une enfilade de portes grises. Là encore toutes fermées, sauf une, entrouverte. Il s'en approche, donne une pichenette. Paul est là. Il pend au bout d'une corde nouée à un tuyau de canalisation qui parcourt le plafond. Ses pieds ne touchent pas la cuvette des toilettes. Ses bras sont légèrement écartés du reste du corps. Sa tête est penchée vers l'avant. Samuel ne peut pas distinguer l'expression dans son visage, il ne sait pas s'il y a de la frayeur, de la souffrance, de la paix. La nuque est brisée, la respiration coupée. Non, Samuel ne sait pas si, dans le visage de son fils mort, il y a de la frayeur, de la souffrance, ou de la paix. Il rouvre les yeux et se lève d'un bond, pour aller ouvrir une fenêtre, avaler de l'air.

Tout est inventé. Tout est probable.

Ce qui est vrai ? Un surveillant a découvert Paul, il a prévenu aussitôt le directeur, qui a pris soin de fermer les toilettes à clé et d'appeler la police. Le directeur a voulu cacher le drame aux autres élèves, il a bien fait, mais avec l'arrivée de la police, c'est devenu impossible, bien sûr. Tout le monde a compris qu'il s'était produit quelque chose de grave. Des élèves se sont amassés devant la salle de sport, ils ont vu sortir un brancard sur lequel reposait un corps recouvert d'un drap blanc, sanglé. Ils ont vu que la tête aussi était recouverte. Quelqu'un était mort. Très vite, le nom a fusé. Paul Jones. L'incompréhension s'est ajoutée à la stupeur. Paul Jones ? Le dernier auquel on aurait pensé.

Quelqu'un a dit : « Pourquoi se pendre ? » Un autre a répondu : « Parce que c'est rapide. Et que tu es sûr de ne pas te rater. »

Samuel, lui, pense à l'officier qui a été désigné pour décrocher le corps suspendu. Car d'abord, il a dû y avoir les formalités d'usage, les photos, les prises d'empreintes peut-être, les premiers conciliabules, l'ambulancier qui apporte le chariot. Ensuite, un médecin appelé en urgence a dû constater le décès. Mais entre ces deux séquences, il a bien fallu décrocher le corps. Qui s'en est chargé ? Deux hommes, probablement. Le premier a dû monter sur la cuvette, muni d'une scie, d'un sécateur, d'un couteau, de quoi ? et a sectionné la corde. Le second a réceptionné le corps, s'en est emparé, l'a enlacé, puis déposé sur le brancard. C'est à cet homme-là que Samuel pense. Le dernier homme qui a tenu son fils entre ses bras.

Laura

Laura rapporte des assiettes vides en cuisine, les dépose sur une des paillasses où Thao, la petite main asiatique que tout le monde oublie tellement il est minuscule et discret, à qui personne ne parle vraiment parce que son anglais est plus que sommaire, est chargé de les récupérer afin de les laver. Là, elle prend quelques instants pour respirer, faire une pause. Comme ce matin, dans sa propre cuisine, devant l'évier, elle est saisie d'un vertige, il lui faut accomplir un effort pour ne pas chanceler, et c'est une émotion étrange pour elle que de revivre une scène qui s'est produite un peu plus tôt, cette impression de « déjà-vu ». Et, comme ce matin, elle se rend compte que sa résolution vertigineuse la travaille, malgré sa détermination. Même si elle s'efforce de croire que c'est simplement sa conversation avec Tom qui l'a désarçonnée. Thao l'observe tandis qu'elle s'accroche au rebord de la paillasse. Il ne l'a jamais vue ainsi, fragile, en déséquilibre, mais imagine probablement qu'il s'agit d'un coup de fatigue, d'un épuisement passager. De toute façon, même s'il s'agissait d'autre chose, il n'en ferait pas état. Il n'a jamais adressé la parole à Laura, ni à personne d'ailleurs, se contentant de saluer ses collègues à son départ et à son arrivée, et s'enfermant dans le nettoyage de sa vaisselle le reste du temps.

Paco et Adam, les deux cuisiniers, en revanche, fidèles à leur réputation, sont en plein bavardage. Parfois, on croirait qu'ils se disputent, d'accord sur rien, s'enflammant, haussant le ton, se bagarrant presque. À d'autres moments, ils sont les meilleurs amis du monde, complices, presque frères, alors même qu'ils sont si dissemblables. L'un, quinquagénaire, usé par son passé de maçon, licencié par son précédent employeur pour un mauvais tour de dos, et ressuscité dans la cuisine d'un restaurant de Santa Monica Boulevard ; l'autre, un peu plus de trente ans, ayant dû abandonner les fleurs, sa passion, un truc de gosse (et ce, en dépit des railleries), parce qu'il n'en vivait pas, et s'épanouissant dans les odeurs de friture. Eux ne remarquent pas le léger étourdissement de Laura. D'une manière générale, ils ne lui accordent que peu d'attention. Pourtant, ils l'aiment bien. Mais une frontière sépare la cuisine et la salle : ils n'appartiennent pas au même monde, voilà tout.

Laura les laisse à leurs discussions et se rapproche de son armoire personnelle puisqu'elle n'a, pour l'instant, pas de commande à rapporter. Elle y récupère un brumisateur et vaporise un peu d'eau fraîche en direction de son visage. Et ça lui fait un bien fou, un bien démesuré, cette sensation de fraîcheur. C'est comme une rémission. Une ultime douceur. Dans la glace, elle scrute son visage où des gouttes perlent, et n'est pas certaine de s'y reconnaître. Puis ferme les yeux, pour disparaître, et goûter davantage encore ce délassement inattendu.

Revenant au réel, elle récupère dans son sac un mouchoir en papier et tamponne ses tempes, ses joues, ses paupières pour absorber l'artificielle humidité. C'est alors qu'elle remarque, parmi ses effets personnels, son téléphone portable dont le voyant vert clignote. Persuadée que personne n'a cherché à la joindre, elle est surprise de découvrir qu'un SMS est finalement arrivé et s'inscrit sur l'écran. C'est Vincent qui lui signale qu'il n'aura pas le temps de passer la voir au Joey's (ne fournissant aucune explication à sa défection), mais promet de faire un saut chez elle, « dans l'après-midi » (sans fixer d'heure précise). Elle s'agace aussitôt de devoir se tenir à sa disposition, et d'être peut-être obligée de changer ses plans, simplement parce que sa place dans l'emploi du temps de son fils ne semble être qu'une variable d'ajustement, une corvée entre deux rendez-vous forcément plus importants ou plus agréables. Aussitôt, elle se radoucit : elle ne va pas se mettre en colère, pas pour ça, pas maintenant. Ce serait grotesque. Maladroitement, elle tape sur les touches pour écrire : « Très bien, je t'attendrai. »

Combien de fois les a-t-elle dits, ces mots : « Je t'attends » ? À son frère, à son mari, à chacun de ses enfants. Combien de fois a-t-elle été prête à l'heure et dû se plier aux caprices de ceux qui étaient en retard et ne s'en excusaient jamais ? Et aujourd'hui qu'elle n'attend plus rien, sa situation est-elle plus enviable ?

Elle retrouve la scène une dernière fois ; le moment de saluer approche. Elle accomplit encore les gestes familiers, prend les dernières commandes, débarrasse les dernières tables, plaisante ici ou là, slalome calmement, regarde Tom partir et lui adresser un pauvre sourire, l'écrivain français agiter ses doigts sur le clavier de son ordinateur, et les autres, tous les autres, manier la fourchette, avaler, mastiquer, ingérer, vider leur verre, s'essuyer la bouche, se frotter les mains, s'exclamer, écouter, régler leur addition. Elle observe Mario qui tient la caisse, prépare les tickets, rend la monnaie, et remplit les verres quand l'argent ne l'occupe pas ; Jake qui la frôle, fait le malin avec ses plateaux, tournoie, facétieux, glisse vers la cuisine et réapparaît continuellement entre les portes battantes. Elle constate que la pièce continue, sans relâche, tandis qu'elle se prépare à tirer sa révérence.

Sur la grande pendule accrochée au-dessus de l'entrée, l'aiguille des minutes avance. Le genre d'aiguille qui bascule d'un coup sec à la fin de chaque session de soixante secondes, comme dans les gares des films noirs des années 50. Laura se demande si la pendule a toujours été là ou si c'est Mario qui l'a fait installer. Elle ne sait pas quand les choses ont commencé. Elle sait simplement quand elles finissent.

Et, précisément, il est l'heure de partir désormais, de quitter son travail. Après avoir passé un coup d'éponge sur une table qu'un client vient de libérer, elle s'éclipse, l'air de rien, traverse la cuisine où nul ne lui adresse ne serait-ce qu'un coup d'œil, dépose son plateau sur la paillasse, se dirige vers son casier, retire son uniforme, l'accroche à la patère prévue à cet effet, s'empare de son sac à main, referme le casier.

Elle envisage fugacement de sortir par l'arrière, par le parking, de filer à l'anglaise (après tout, qui lui reprochera cette mauvaise manière quand la nouvelle de sa mort sera connue ?), elle se tient devant cette porte qui ne s'ouvre que dans un sens, qu'il faut bloquer avec un cageot quand on est dehors à fumer, qui, plus que jamais, ressemble à une issue de secours, mais elle répugne finalement à entailler leurs habitudes : au Joey's, on est entre gens de bonne compagnie, on se dit au revoir, chaque jour ; on ne s'en va pas sans saluer. Alors elle prend sa respiration et exécute sa sortie.

D'abord, elle hoche la tête en direction de Paco et d'Adam, qui interrompent leur dialogue une poignée de secondes afin de lui rendre la pareille, dans un réflexe bienveillant, avant de retourner à leur dispute (elle saisit qu'ils parlent d'un match de basket). Elle hésite à s'approcher de Thao et finalement y renonce : le petit Chinois ne manquerait pas d'être surpris par un tel égard et qui sait s'il n'en débrouillerait pas la véritable raison ? Car Laura a toujours pensé que Thao, enfermé dans son mutisme, a développé tous les autres sens et perçoit mieux que quiconque ce qui se joue derrière les paroles. Elle longe le comptoir de bois et glisse à Mario, à même de déplacer une caisse de bouteilles vides, un « au revoir » sur un ton qui se veut d'une parfaite neutralité. En retour, le Latino taciturne lui offre un borborygme dans lequel elle décèle les traces de l'effort physique qu'il est en train de produire. Elle s'emploie à ne pas embrasser du regard tout le territoire du Joey's, elle n'est pas là pour entasser des souvenirs, les souvenirs c'est bon pour les gens qui vivent vieux, et file droit vers l'entrée. Jake se tient dans l'embrasure, de dos, visage tourné vers le boulevard, comme s'il savourait les rayons du soleil. Laura pose une main sur son épaule et le jeune homme se détourne pour lui lancer un « Tu t'en vas déjà ? » où pointe sa légendaire distraction. Et juste après, il l'étreint, avec gourmandise : jusqu'au bout, il se sera montré généreux, voilà ce qu'elle pense. Elle s'en voudrait presque de l'abandonner ainsi, regrettant de ne pouvoir lui rendre un peu de sa gentillesse. Alors qu'elle sourit sous son étreinte, elle entend les mots banals et terribles : « À demain. » Des mots qui font frissonner son échine. Elle se ressaisit immédiatement. Mais, incapable de formuler l'habituel écho, elle se contente d'un « oui », sur lequel sa voix se brise.

Et puis, elle file. Elle s'en va dans l'automne pacifique, happée par le bitume. Elle devient une silhouette, comme dans ces photos saturées de soleil. Jake, qui ne s'est rendu compte de rien, ne la distingue déjà plus.

Samuel

L'église méthodiste de Crescent Heights, au croisement de Fairfax et de Fountain, est un bâtiment datant des années 20, de taille moyenne, sans le moindre charme, froid. Sa façade est ocre ou orange. On pourrait passer à côté sans la remarquer. Du reste, Samuel a patienté plus d'une fois au feu au volant de sa voiture et n'a jamais réellement contemplé cet édifice. C'est curieux d'ailleurs : il y a des lieux, comme ça, auxquels on n'a jamais prêté une attention particulière, dont on n'a pas imaginé une seconde qu'ils auraient la moindre importance dans nos existences et qui, par le hasard des circonstances, sont voués à occuper une place à part. Un carrefour où on a été victime d'un accident, un restaurant banal où on a mis fin à une histoire d'amour, un bureau où on a appris un événement mondial. Cette église, c'est ça, pour Samuel : un endroit ordinaire, sans aspérité, condamné à devenir inoubliable. Il ne pourra plus jamais passer devant sans se souvenir. Il fera peut-être des détours pour l'éviter.

Il y entre en premier aux côtés de Claire. Et prend conscience que la dernière fois (et la seule) où il est entré dans une église au côté d'une femme, c'était pour son mariage, et cette femme était déjà Claire. Il y avait de la joie alors, de la lumière, du soleil au travers des vitraux, des pétales de fleurs le long de l'allée, des sourires accrochés aux visages, une musique certes solennelle mais entraînante. Il y avait aussi de la nervosité, une émotion traqueuse, tout était allé si vite, et se marier tout de même ce n'était pas rien même s'il n'avait jamais accordé beaucoup de crédit à cette institution. Mais Claire avait l'air si heureuse, si reconnaissante : le trac du futur époux (et futur père) avait fini par s'estomper. Aujourd'hui, toute allégresse a disparu, l'accablement règne sans partage, et, si les roses sont blanches comme alors, c'est parce qu'on procède ainsi quand un enfant meurt.

Ce qui surprend Samuel, néanmoins, ce n'est pas la désolation, ni même la gravité, ça il s'y attendait, non, ce qui le frappe, c'est la foule. Il s'était préparé à une cérémonie en petit comité, juste les proches, des amis, et la famille, essentiellement celle de Claire puisqu'il ne reste plus à Samuel que son frère et ils ne se fréquentent plus depuis vingt ans, et voilà qu'une centaine de personnes sont présentes, debout, les doigts noués, où roulent des mouchoirs, et qui les regardent s'avancer lentement dans l'allée principale.

Ce sont essentiellement des jeunes gens. Dix-sept, dix-huit ans. Des camarades de Paul, au lycée, des connaissances, à l'évidence. Ils ont été foudroyés, cela se comprend, par la disparition, qui plus est si brutale, si inattendue, de l'un des leurs et sont venus témoigner autant leur sympathie que leur sidération. C'est terrible, du reste, cette jeunesse dans l'église. Terrible. Samuel songe que ce n'est pas la place de la jeunesse, les endroits où l'on dit adieu.

Il continue de progresser et son regard se fige sur le cercueil au bout de l'allée. Et aussitôt, il est saisi d'un étourdissement. La tête qui tourne, la vue qui se brouille, ce n'est qu'une fraction de seconde mais il pourrait vaciller, tomber. Il se reprend, pas question de se donner en spectacle. Et puis, tous les autres se tiennent debout, Claire la première, époustouflante de décence, presque de majesté. Il se reprend et avance sans faiblir vers le cercueil de son fils.

Paul est là, si proche, si lointain. Il suffirait de si peu pour le toucher, mais son corps est si froid. Il repose entre ces planches de bois clair mais il ne se réveillera pas de ce sommeil-là. N'importe qui sent sa présence mais il est absolument inatteignable.

C'est à devenir fou.

On joue une musique, une marche funèbre, un air pesant et déchirant, et c'est une blessure supplémentaire qu'il faut s'infliger, pense-t-il. Pourtant, d'ordinaire, les méthodistes optent pour des funérailles simples : on ne prie pas pour les morts, on accompagne simplement la famille. Parce qu'il n'y aura pas d'inhumation, parce que la famille, précisément, sera seule autorisée à assister à la crémation, Claire aura voulu ce protocole. Ce cérémonial, plutôt que rien. Cette réunion, pour que les lointains, eux aussi, puissent communier

Samuel se répète en silence : je dois tenir une minute de plus, juste une minute de plus.

Le pasteur ressemble à un homme bon. Samuel a toujours été surpris de la bonté qui émane de ces hommes-là. S'est toujours demandé si c'est elle qui les a guidés vers Dieu ou s'il s'agit d'une qualité qu'ils ont forgée à force de dialoguer avec Lui. Il a de petits yeux bleus, une peau laiteuse où percent des rides. Il salue l'assemblée sans fioritures et livre un bref sermon où il remercie le Seigneur pour les bienfaits qu'il a accordés au défunt durant sa vie sur terre et Samuel n'est pas certain que le Seigneur soit pour beaucoup dans ces bienfaits (il a toujours été un mécréant, ce qui fait de lui « un mauvais Américain », ce dont il ne songe pas à s'excuser). Le pasteur met également l'accent sur l'espérance en la vie éternelle et Samuel aurait préféré pour son fils une vie plus courte que celle qu'on lui promet désormais mais normale, et qui ne se serait pas interrompue brusquement. Et puis, l'officiant cesse de parler et invite chacun au recueillement. Samuel, en lui-même, pense : ceci n'est pas en train d'arriver. C'est un cauchemar et je vais me réveiller. Ceci n'est pas en train d'arriver.

Il règne dans l'église un silence parfait.

Il est déjà temps de repartir. Quatre hommes emportent le cercueil, qu'ils vont conduire jusqu'au crématorium, à quelques blocs, sur Santa Monica Boulevard. Le cortège emprunte l'allée centrale en sens inverse, pour retrouver le dehors. Samuel ouvre encore la marche, Claire à ses côtés. Tandis que la sortie se profile, son attention est subitement attirée par un jeune homme. Il a l'impression de le connaître. Il ne sait pas encore qu'il est en train de le *reconnaître*. Il lui faut une poignée de secondes pour déterminer d'où lui vient cette foudroyante familiarité : il s'agit de l'adolescent au bermuda jaune, celui qui traînait ce matin même à Newport Beach. Il a troqué son bermuda contre un jean sombre et une chemise noire, mais le doute n'est pas permis : c'est bien lui. Et aussitôt, tous ses sens sont en alerte : qui est ce type ? un fou ? Il a pourtant l'air terriblement normal, et même un peu penaud. Après un instant d'hésitation, Samuel poursuit sa marche mais, parvenu à la porte, il fait un pas de côté et s'immobilise. Claire se tourne vers lui, interloquée. Avant qu'elle n'ait ouvert la bouche pour réclamer un éclaircissement, il dit : « Avancez, je vous rejoins. » Et il montre, d'un signe de la tête, l'adolescent, comme si elle devait comprendre ce qui advient. Elle ne discute pas, elle n'en est plus là. De toute façon, elle est habituée à ses frasques, son anticonformisme. Il n'a jamais rien pu faire comme tout le monde. Même un jour comme aujourd'hui, il faut qu'il n'en fasse qu'à sa tête. Elle poursuit sa marche, le cortège lui emboîte le pas, abandonnant le père sur le côté.

L'adolescent a repéré la manœuvre de Samuel, et n'a pas bougé de sa place, laissant ses camarades quitter les lieux. Désormais, il ne reste plus qu'eux deux dans l'église désertée. Ils s'observent en chiens de faïence, de loin, n'osant pas encore se rapprocher. Le jeune homme baisse la tête, paraît scruter le bout de ses chaussures. Samuel finit par le rejoindre. Ils s'assoient dans un même mouvement sur le banc de bois sombre.

« Je suis Scott. Scott Boardman. Les gens m'appellent Scotty. » Les paroles résonnent, comme si elles s'en étaient allées cogner contre les vitraux, rebondir contre les parois avant de pénétrer dans les oreilles de celui à qui elles sont adressées. « Je te connais, répond enfin

Samuel. Du moins, je connais ton nom. Tu es un ami de Paul. Il m'a parlé de toi, souvent. Je ne t'imaginais pas comme ça. » Samuel n'a jamais participé au quotidien de son fils, d'abord parce qu'un père divorcé et vivant à trente miles de son enfant demeure forcément à l'écart de sa vie ordinaire, ensuite parce que eux, en particulier, avaient choisi de faire de leurs week-ends un moment spécial, un lieu à part. En conséquence, il n'a jamais rencontré ses proches. Parfois, il aurait aimé leur donner un visage, une consistance (et puis, c'était son rôle aussi, normalement, de se coltiner le réel, Claire le lui a suffisamment rabâché, lui reprochant de fuir ses devoirs, de vivre dans « un autre monde », tandis qu'elle se « tapait le sale boulot »), mais Paul ne l'a pas souhaité, il répétait : « Newport, c'est juste toi et moi », le père s'est incliné, voulant y voir une incroyable preuve d'amour. Certes, l'amour ne peut pas être séparé du partage (ni aller sans un certain sens des responsabilités quand il s'agit d'amour filial), mais ne pas partager, c'est également garder pour soi, uniquement pour soi. Samuel raffolait de leur autarcie.

Donc Scotty n'est personne pour lui, si ce n'est un prénom entendu régulièrement, associé à quelques frasques, à quelques soirées studieuses aussi, ou prétendues telles ; à une vraie complicité, en tout cas. Les rares fois où il a tenté de l'associer à une personne, il a imaginé un ado un peu gros, balourd, brave. Il se trompait. Ce n'est qu'une occasion de plus de prendre conscience que, décidément, des pans entiers de la personnalité de son fils lui ont échappé. Et le divorce ne saurait être la seule explication valable d'une pareille cécité.

Le garçon dit : « Je crois que je sais pourquoi Paul s'est tué. »

Laura

Lorsqu'elle pénètre dans son appartement, la fraîcheur cueille Laura : c'est l'ombre des arbres de la rue qui l'a déposée là. Le silence aussi la surprend, le brouhaha du café s'était si bien installé dans ses oreilles. Une impression de calme et de solitude se dégage, qu'elle trouve poisseuse. Elle reste debout dans le salon, ne sachant trop quoi faire. Regardant alentour, elle constate qu'il ne reste presque plus rien à ranger. De toute façon, elle se sent incapable d'entreprendre quoi que ce soit tant que Vincent n'est pas passé la voir. Une fois qu'il sera reparti, alors elle prendra ses dernières dispositions. Il y a ceci tout de même : peut-être doit-elle commencer à écrire la lettre. Et si Vincent se présente, elle la rangera momentanément dans un tiroir.

Car elle a prévu de laisser un mot, que ses proches liront, s'ils en ont le courage ou l'envie, s'ils ont besoin d'une explication, ou d'une excuse ; ou tout simplement d'une trace.

Elle se doute qu'elle va causer du chagrin, un peu. Et notamment à ses parents, qui vont perdre un deuxième enfant, dix-sept ans après le premier, et replonger dans le cauchemar, pas tout à fait le même cauchemar parce qu'ils sont plus vieux, parce qu'elle-même ne disparaît pas en pleine jeunesse, mais il s'agira d'une épreuve bien sûr, les parents ne prévoient pas de survivre à leur descendance. Elle se dit également que ses fils auront de la peine, malgré tout. Certes, ils ont appris à vivre loin de leur mère, sans elle, mais là ce sera autre chose, une absence définitive, irrévocable, il n'y aura plus de coup de téléphone, plus de visite à l'improviste, ils ne pourront plus s'abriter derrière des prétextes faciles ni croire qu'il sera toujours temps, un jour, plus tard, de renouer. D'autant qu'un suicide, c'est marquant, spectaculaire. Et ça peut fabriquer des remords. Elle voudrait leur éviter les remords. Elle voudrait écrire des mots qui apaisent. Elle suppose, par ailleurs, que, si elle ne laisse pas de lettre, les vivants perdront du temps à chercher des réponses à leurs inévitables questions. Elle n'a pas envie qu'ils se torturent l'esprit pour rien.

Laura tient aussi à se délester de sa propre culpabilité car elle devine qu'on lui reprochera son geste, qu'on le trouvera cruel (pour ceux qui restent) et disproportionné. Écrire, ce sera une manière de demander pardon.

La lettre ne sera pas destinée à son ex-mari, en revanche. Ils n'ont plus rien à se dire (c'est ce qu'il lui a répété à de nombreuses reprises quand, après leur séparation, elle l'appelait et qu'il la repoussait – elle a fini par comprendre). Et elle n'a pas de pardon à lui présenter. Si quelqu'un devait jouer profil bas, ce serait plutôt lui car, à la fin, il n'est pas pour rien dans cette affaire de suicide.

Pour ce qui est de Julia et de Jake, elle compte sur Vincent : il les connaît, leur lira la lettre, ou ira les consoler. Au fond, elle n'est pas mécontente qu'ils se parlent bientôt, ces trois-là. Ils auront été les trois dernières personnes, parmi celles qui comptent, à la voir vivante.

Elle se saisit d'une feuille, d'un stylo, et s'assoit à la table de cuisine. Et puis, rien. De longues minutes et rien. L'immobilité. La stérilité. Depuis quand n'a-t-elle pas écrit ? Depuis qu'elle a arrêté ses études, y a-t-il eu, sous sa plume, autre chose que des listes de courses, des documents administratifs, des factures à payer, des chèques à établir ? À quand remonte le dernier geste personnel, l'intimité couchée sur papier ? Elle l'ignore. Elle ne parvient pas à se le rappeler. Du coup, elle est encore plus intimidée. Écrasée par l'ampleur de la tâche.

Elle est également impressionnée, inhibée par l'enjeu : une lettre d'adieu, c'est, par essence, une chose unique, inimitable, inédite, non reproductible. Un acte absolu. Elle ne peut s'appuyer sur aucune expérience, aucune mémoire. Rien ne prépare à ces mots-là, ils ne s'apprennent pas, nulle part. Elle est dans la virginité, la blancheur. C'est comme marcher au-dessus du vide, sans même un fil où poser les pieds. C'est l'inconnu. Elle cherche les mots et ne les trouve pas.

Elle finit par se lever de sa chaise, s'éloigner de la table, contempler la feuille nue, comme si cette mise à distance devait lui apporter l'inspiration, ou lui rendre l'exercice moins délicat, mais la révélation ne se produit pas. Elle demeure dans l'impuissance, l'infécondité. Elle a une idée pourtant de ce qu'elle entend dire mais doute soudain que des mots soient capables de l'exprimer. Et puis, quelle tonalité employer ? La gravité, la résignation, la tendresse ? Tout cela mélangé ? Non, décidément, elle ne sait pas. Elle se dirige vers la fenêtre pour contempler la rue, se divertir de son étrange obligation. Elle aperçoit l'humanité en contrebas, qui vaque à ses occupations et se moque bien des atermoiements épistolaires d'une femme désemparée.

Laura Parker est soudain tirée de ses contemplations : elle pense au Beretta 92 dont elle aura besoin tout à l'heure pour se tuer.

Elle se déplace jusqu'à sa chambre, ouvre le grand placard et repère, sur la plus haute étagère, la boîte à chaussures dans laquelle est enfermé le pistolet. Elle se hisse sur la pointe des pieds pour la récupérer, avec précaution, et une fois son affaire faite se recule afin de s'asseoir sur le rebord de son lit. Là, elle ouvre la boîte délicatement, comme si elle redoutait qu'un diable puisse en jaillir. Le pistolet est à sa place, enroulé dans un mouchoir brodé qu'elle déplie : elle avait presque oublié qu'il est d'un gris qui tire sur le noir.

Cette arme de poing, c'est son mari qui la lui a confiée. C'est, du reste, la seule chose qu'il lui a laissée, lorsqu'ils ont cessé de faire vie commune et qu'elle s'est installée dans l'appartement de Sweetzer Avenue. Une façon de lui dire : « Je ne serai plus là pour te protéger, alors prends ça avec toi, ça peut toujours servir. »

(Elle se rend compte qu'elle se trompe : il ne lui a pas laissé qu'une arme, il lui a également légué une voiture. Les deux seules choses réellement indispensables en Amérique.)

Elle se rappelle qu'il lui a expliqué comment s'en servir : le Beretta se charge par la poignée. On insère un chargeur contenant les cartouches à l'intérieur de la poignée, on tire vers soi la glissière pour amener la première cartouche dans la chambre, elle-même intégrée au canon. La balle est prête à être tirée. Il suffit de libérer la sécurité, puis de poser le doigt sur la détente et d'appuyer. En inspectant l'inquiétant joujou, elle constate qu'il est bon pour le fonctionnement. Elle espère simplement qu'il n'a pas rouillé. On lui a assuré que ces bestioles ne s'enrayent jamais. Elle prie pour que cette information soit exacte.

Le tenant entre ses mains, et le soupesant, elle songe que les armes sont la maladie de l'Amérique : elles font des victimes innocentes beaucoup plus qu'elles n'administrent une bonne justice, tirent le plus souvent au hasard et ne règlent en rien le problème de la criminalité, aggravent même une situation déjà dramatique, mais peu importe, nul ne peut s'en passer, chacun exige de pouvoir en posséder une. Elles sont devenues le symbole absurde de la liberté individuelle. Aujourd'hui, Laura oublie ses préventions. Pour elle, le pistolet n'est que le moyen d'accomplir sa volonté.

Elle referme la boîte à chaussures et la remet à sa place. Ressort de la chambre avec l'arme et revient dans le salon. Si quelqu'un la surprenait, il serait forcément déconcerté par cette scène incongrue. Mais aussi par la froide détermination qu'il lirait dans son regard. Car Laura Parker semble investie d'une force nouvelle, d'une puissance inhabituelle depuis qu'elle trimballe l'instrument de mort.

Les feuilles des arbres s'agitent et par la fenêtre ouverte un courant d'air s'insinue, qui ne la fait pas frissonner. Pour la première fois de la journée, c'est un peu de novembre qui fait son apparition ; un peu d'automne. La femme résolue dépose l'arme au fond de son sac à main et la recouvre de ses effets personnels. À cet instant, et à cet instant seulement, son regard reprend son éclat ordinaire. La voici rapatriée dans le monde normal. Sentant désormais la fraîcheur, elle s'approche de la fenêtre pour la fermer.

C'est alors que la sonnerie de l'interphone retentit, la faisant sursauter.

Samuel

Scotty dit : « Je suis venu vous voir à Newport Beach parce que Paul m'avait donné votre adresse, un jour, je ne me souviens plus très bien pourquoi. Enfin bref, je l'avais notée, quoi. J'ai trouvé la maison facilement et vous, je vous ai reconnu tout de suite. Vous lui ressemblez beaucoup. Enfin, je devrais plutôt dire que c'est lui qui vous ressemble. Vous ressemblait, pardon. Enfin, vous comprenez. » Samuel comprend.

Scotty dit : « Je voulais vous parler, vous raconter ce que je sais, et je n'ai pas réussi. Je suis resté bloqué. C'est vous qui m'avez bloqué. Quand je vous ai vu remonter de la plage, vous aviez l'air tellement absent. On ne voyait que ça, votre absence. Je ne me suis pas senti le courage. J'ai quand même attendu et puis j'ai fini par prendre le bus pour rentrer. » Samuel ne ponctue pas.

Scotty dit : « Si vous ne m'aviez pas repéré tout à l'heure, on ne se serait pas parlé. Je n'aurais pas osé retourner là-bas, chez vous. Mais j'étais sûr que vous alliez me voir, et vous arrêter. C'est bizarre, non ? » Pas tant que ça.

« Tout est arrivé à cause de Meredith. Meredith Baxter. Vous voyez qui c'est ? » Samuel fait non de la tête. Il ne ment pas : il ignore réellement qui elle est, il se rappelle juste que son prénom a été prononcé dans la voiture, le dernier soir, et qu'il n'a pas posé de questions, pas creusé. Il ne se dit pas qu'il aurait dû creuser. S'il se dit ça, il sombre dans la démence.

« Il était amoureux d'elle. Il n'avait jamais été amoureux, avant. » Samuel s'attendait à pareille annonce, que la mention d'un prénom féminin laissait présager, mais ce qui le fascine, c'est l'assurance sans arrogance de Scotty, sa certitude d'exposer un truisme quand, lui, le père serait infichu d'établir une vérité incontestable au sujet des inclinations de son fils.

« Il a cru que c'était réciproque. Il faut dire qu'elle a donné pas mal de signes qui laissaient penser que ça l'était. Réciproque. » Samuel n'a pas le temps ni le désir de disserter sur les tendresses non partagées, mais il en sait un peu, néanmoins, sur ce qu'il appelle « les lignes ».

Les lignes désignent deux individus : soit elles sont parallèles et rien ne sera possible entre eux car pour toujours ils ne se situent pas au même niveau, soit, après avoir flirté, elles s'écartent pour ne plus jamais se rejoindre, soit elles sont sinusoïdales, se croisent parfois, les êtres ne se trouvant que très rarement au même niveau de sentiments au même moment et leur intersection est, de toute façon, condamnée à la brièveté. Scotty se fiche bien de sa théorie des lignes. Et surtout, même s'il n'a que dix-sept ans, il doit en savoir aussi long que lui sur le sujet.

« Elle lui a laissé croire que quelque chose était possible. Elle ne l'a pas découragé. Je suppose qu'en fait, elle voulait juste vérifier qu'elle lui plaisait. Les filles, elles sont comme ça, non ? Elles ont besoin de vérifier. » Samuel entend le refrain d'une misogynie ordinaire, il se souvient de l'avoir entonné autrefois. Avec le temps, il a appris que tout le monde a besoin de vérifier : filles et garçons, mais à quoi bon raconter ce que le temps se chargera d'enseigner au jeune homme ?

« Bref, un jour, Paul a pensé qu'il pouvait lui faire sa déclaration. Mais il s'y est mal pris. » Avant de connaître la suite, Samuel se rappelle la gaucherie de son fils : peut-être la seule chose qu'il lui ait léguée.

« Il a surtout choisi le mauvais endroit, le mauvais moment. Il a fait ça à la cantine du lycée, à l'heure du déjeuner. J'imagine qu'il a agi sur un coup de tête, que, subitement, il s'en est senti capable, il s'est dit : il faut que je parle maintenant, il a eu peur que son courage ne dure pas. » Samuel répète dans sa tête les mots terribles et parfaits de Scotty : « Il a eu peur que son courage ne dure pas. »

« Meredith l'a écouté sans broncher et, quand il a eu terminé, elle n'a pas parlé tout de suite, elle l'a juste regardé avec une sorte de dégoût, le mot peut vous paraître exagéré mais je vous jure qu'il y avait de ça, du dégoût, j'étais là, à côté, je l'ai vu, c'est inoubliable. » Samuel visualise la scène, saisi d'une sorte de nausée.

« Après, elle a dit des choses méchantes, vraiment méchantes. Du genre : "Comment tu as pu penser que j'allais m'intéresser à un type comme toi ? Tu t'es vu ?" Comme si elle voulait le blesser. Après tout, elle aurait pu le repousser gentiment, mais on aurait dit qu'elle avait envie que les autres voient ça, sa victoire, l'humiliation de Paul, que ça se passe comme dans ces putain de séries télé. » Samuel sent contre son dos les coups de ceinture de son frère aîné, la violence gratuite, exercée par plus fort que soi.

« Et puis, elle est partie, et il est resté seul, à table. Quand je me suis approché, il avait les larmes aux yeux, et ses lèvres tremblaient. Il avait envie de foutre le camp mais il restait là, assis. Il ne voulait pas que les autres se moquent de lui. » Samuel se remémore la honte après, quand le frère avait terminé, la mortification mélangée à la honte.

« En fait, personne ne s'est rendu compte de rien, personne n'a fait attention. Sauf moi. Les autres, ils étaient occupés à autre chose, à leur vie personnelle, ça ne les intéressait pas du tout. C'est ça que j'aurais dû lui dire. Mais, sur le moment, j'ai pensé que, si je disais ça, ce serait pire encore. Comme une pitié supplémentaire. Alors que, s'il avait compris que la scène était passée inaperçue, il n'aurait pas réagi comme il l'a fait. » Samuel a toujours digéré l'outrage et l'opprobre en se réfugiant dans le silence. Sa seule réponse, c'était le mutisme, une façon de serrer les dents, une indifférence. Et l'espoir de partir un jour, d'échapper à ces affronts répétés. Paul n'aura pas eu la même indifférence, ni le même espoir. Est-il possible qu'une vexation ridicule ait eu raison de lui ?

« Paul s'est suicidé une heure plus tard. »

Entre eux deux, une chape de plomb s'est abattue, renforcée par la solennité de l'église, la lumière filtrant des vitraux dans laquelle volettent des poussières. L'écho amorti des paroles affreuses est saisissant. Scotty devine qu'il lui faut poursuivre, pour que le moment ne devienne pas littéralement insupportable.

« Je n'ai rien dit aux flics quand ils nous ont interrogés. Parce que ça ne les regardait pas. Après tout, Paul s'est suicidé. Il n'y avait aucune raison pour qu'ils mettent leur nez là-dedans. » Le petit a raison : la mort volontaire d'un seul individu laisse le reste de l'humanité *en dehors*.

« Et Meredith, même si elle a été cruelle, ne mérite pas qu'on l'embête. Elle ne pouvait pas prévoir les conséquences. En plus, elle n'a pas réellement été cruelle, juste stupide. Et puis elle se sent assez coupable comme ça. Vous savez qu'elle ne sort plus de chez elle depuis ? »

Samuel voudrait savoir à quoi elle ressemble, cette jeune pimbêche qu'il devrait détester, dont il devrait souhaiter la comparution immédiate pour l'agonir d'injures et pour qui il ne ressent finalement rien. Rien du tout. Il voudrait juste qu'elle soit jolie, que son fils ait eu bon goût.

Alors qu'il s'attendait à ce que la conversation ait pris fin, et que le silence reprenne ses droits, il entend Scotty qui ponctue, livrant son propre jugement : « C'est bête. On ne se tue pas pour des conneries pareilles. »

« Tu crois vraiment que c'est à cause d'elle qu'il s'est tué ? »

La question a surgi presque sans qu'il la commande, comme si elle était là, au bord de ses lèvres, depuis la première minute, depuis l'instant exact où il a appris la disparition de son fils.

« Je sais pas. Je me dis que ça a forcément joué, non ? Ce serait con, évidemment. Mais, au fond, ce serait bien aussi.

— Bien ?

— Que ce soit seulement ça.

— Pourquoi ?

— Parce que ça voudrait dire que le suicide, il ne vient pas de plus loin. »

Les deux se fixent, incapables de se lâcher des yeux, comme s'ils venaient de heurter une vérité fondamentale, connue d'eux seulement, tétanisés par la violence de la révélation, désireux cependant d'aller jusqu'à l'ultime limite, de formuler l'indicible.

« C'est ce que tu crois, n'est-ce pas ? Que son suicide vient de plus loin...
— C'était quelqu'un de triste, Paul. »

Ils se comprennent absolument. Ils savent, d'un savoir faramineux, qu'ils racontent l'histoire de cette tristesse. Une tristesse profonde, indétectable pour le profane mais bien réelle, dont les motifs n'ont jamais été exposés et que nul parmi ceux qui étaient en mesure de la discerner n'a souhaité débrouiller, par facilité, par lâcheté, dont personne, et peut-être pas l'intéressé lui-même, n'avait envisagé le dénouement. Car qui songe *vraiment* que le pire va arriver ?

Le moment de leur communion est bref. Il contient pourtant toute une vie. La vie d'un autre.

Puis Samuel s'approche de Scotty et pose la main sur l'arrondi de son épaule. Il murmure : « Ne te reproche rien. Tu n'aurais rien pu empêcher. Aucun de nous ne pouvait rien. »

Sentant que sa phrase sonne comme une excuse misérable, il ajoute : « Si tu es coupable, alors nous sommes tous coupables. Et ça, aucun de nous n'est fichu de le supporter. »

Scotty esquisse un pauvre sourire. Il dit : « Ça devait être bien de vous avoir comme père. » À ces mots, Samuel répond par un court ébahissement puis éclate en sanglots. Des sanglots lourds, trop longtemps contenus. Oui, il y a cela, d'un coup, impudiques, sublimes, les larmes, venues du plus intime. Elles durent longtemps. Plus longtemps qu'il n'est communément accepté. Mais voilà, il faut qu'elles sortent, qu'elles coulent, rien à faire. L'adolescent détourne les yeux, il laisse les larmes se faire.

Quand elles se tarissent, Samuel se comporte comme si elles n'avaient pas eu lieu, il sait qu'elles ne sont pas un sujet de discussion entre eux, ni même d'embarras. Il dit : « Repasse à Newport, un de ces jours prochains. Si ça te dit. Je serai content de te revoir. » L'adolescent dit : « Promis, je viendrai. »

Laura

Vincent s'annonce, puis avale les marches de l'escalier quatre à quatre et se présente à la porte de l'appartement que sa mère, entre-temps, a ouverte. Il entre, il est là, il s'empare de l'espace. C'est un beau jeune homme de vingt ans, avec les cheveux en broussaille, une fine barbe de deux jours et l'air de celui à qui on donnerait, à tort, le bon Dieu sans confession. Elle le contemple comme si elle le découvrait, comme si elle était capable de le découvrir encore, avec une sorte d'émerveillement, d'attendrissement. Il dépose un baiser furtif sur sa joue.

Tout de suite, elle remarque qu'il n'est venu qu'en coup de vent, qu'il ne va pas rester. Ça se lit dans son excitation, sa fébrilité, son impatience. Il ne tient pas en place. Réclame un Coca pour étancher sa soif, on jurerait qu'il a couru, qu'il ne cesse de courir. Du reste, il se dirige vers le frigo et se sert, sans même qu'elle ait eu le temps de réagir à sa requête. Et elle, cela lui plaît qu'il se sente chez lui, qu'il se comporte comme s'il était chez lui. Elle aime cette familiarité. Aurait rêvé qu'il ait ces manières, brusques, naturelles. Qu'il investisse cet endroit, qu'il en fasse son territoire. Ça n'est pas arrivé.

Tout de suite, il lui parle de la proposition 8 et s'emporte à l'instar de Jake, plus tôt, ce matin. Pour lui, l'élection d'Obama est acquise. Et, en fait, n'est pas le véritable sujet. Non, l'enjeu, bien sûr, c'est que les gays puissent continuer de se marier. Cela seul compte. Elle acquiesce, même si, au fond, elle n'a aucune religion, aucune certitude à ce propos. Elle acquiesce simplement pour lui faire plaisir. Et pour lui faire comprendre qu'elle n'est pas son ennemie. Et lui, il ne relève même pas les efforts que cette approbation tacite lui coûte. Il est tout entier dans son combat, sa frénésie, son hostilité aux conservateurs de tout poil. Elle se souvient de sa timidité au moment des aveux : quelle assurance il a prise ! que de chemin il a parcouru ! Le voilà militant, montant sur les barricades. Les choses ont évolué si vite : elle n'a pas vu le temps passer.

Et puis, juste après, il lui demande, sans transition, de l'argent. « Je suis fauché », lance-t-il, avec un air de défi. Son père lui a coupé les vivres depuis leur violente dispute et il doit se débrouiller seul, grâce à de petits boulots. Il préférerait « crever plutôt que d'aller mendier à Los Feliz » : il a sa « fierté ». Elle le regarde, animal blessé et méchant. Et va chercher cinquante dollars dans son porte-monnaie. En sortant celui-ci de son sac à main, elle aperçoit l'éclat métallique de la glissière du Beretta et se raidit quelque peu. En se retournant, elle scrute son fils dans l'ignorance parfaite du geste à venir. Il s'empare des billets.

Elle songe qu'elle est dans le rouge à la banque, que les courriers de réclamation s'entassent, que nombre de ses crédits sont impayés, que les menaces pleuvent, que la précarité est son quotidien. Elle donne l'argent qu'elle n'a pas. Et son fils ne se rend compte de rien, égoïste, insouciant. Il s'empare des billets avec avidité.

Et puis, c'est tout. Ils restent là, tous les deux, plantés face à face, encombrés de leurs corps, sans plus rien se dire.

Il ne lui dira pas que Kyle n'est pas seulement son colocataire mais aussi un peu son petit ami, même si, à vingt ans, évidemment, on ne se jure pas fidélité. Il ne va pas lui livrer son intimité, lui raconter sa vie, quand même.

Il ne lui dira pas que, pour arrondir ses fins de mois, et également parce qu'il trouve ça « fun », il a tourné deux scènes pornographiques pour un site Internet spécialisé. Il ne va pas se justifier, alors qu'il n'a pas honte.

Il ne lui dira pas que, secrètement, il espère devenir acteur et prend des cours de comédie et que c'est difficile et que la concurrence est rude. Que comprendrait-elle à ce genre d'ambition ?

Elle ne lui dira pas qu'elle trouve pathétique qu'il ne lui rende visite que pour lui réclamer de l'argent. Une dispute serait saugrenue.

Elle ne lui dira pas qu'elle a sorti l'arme à feu de la boîte à chaussures et va l'emporter tout à l'heure avec elle. Autant s'épargner les détails scabreux.

Elle ne lui dira pas qu'elle va lui écrire une lettre, qu'elle espère y arriver. Et qu'il la lira quand il sera trop tard. Et précisément parce qu'ils ne sont jamais parvenus à se parler.

Ils se tiennent dans le silence, la vacuité. Elle voudrait tenter un mouvement dans sa direction, presque rien, quelque chose qui témoignerait de l'affection, un attachement, mais elle se doute que cela l'embarrasserait, il tressaillirait, aurait peut-être même un réflexe de recul, et elle en serait confuse. Mieux vaut encore l'ankylose, l'inertie.

Quand il claque la porte derrière lui, elle pense qu'elle sera vite oubliée, qu'elle ne manquera pas à grand monde.

Oui, elle aurait voulu le retenir un peu, ce fils insaisissable, fuyant. Mais autant chercher à retenir du sable entre les doigts. Elle aurait voulu qu'il ne disparaisse pas si vite, qu'il demeure auprès d'elle quelques instants, et elle l'aurait contemplé, son grand garçon réussi, si beau, si angélique. Mais autant essayer de conserver une flamme sur laquelle le vent souffle. Il ne subsiste que son parfum, le souvenir de sa présence, l'écho mourant de sa voix. Bientôt, il ne restera plus rien. L'appartement lui-même ressemble à ces églises désertées après des obsèques, silencieuses, sépulcrales, où ne flotte plus qu'une odeur d'encens et où traîne un bout de tissu noir oublié, où la seule trace du disparu lui-même est le socle où l'on avait disposé le cercueil.

Laura Parker sent les sanglots monter et sa gorge se serrer, elle sent ses jambes qui flageolent, et, pour la première fois, elle tombe. Elle tombe très lentement, sur les genoux, au milieu du salon. Elle tombe au ralenti, baisse la tête, et pleure. On la croirait en prière, elle est simplement cassée, vaincue. Elle tente de se remémorer le dernier visage de son fils, sa dernière expression, le clair de ses yeux, la folie de sa chevelure, et n'y parvient pas. Elle a les joues envahies par les larmes.

Il faut plusieurs minutes avant que les larmes cessent, que le corps ne soit plus secoué de convulsions, plusieurs minutes avant qu'elle soit capable de se relever, de se hisser sur ses jambes, de se tenir debout à nouveau. Et même là, elle a encore besoin de temps pour conquérir un équilibre, se maîtriser, se dominer. Elle n'avait pas imaginé que ce serait si dur. Lorsqu'elle a pris sa décision, ça lui semblait facile. Presque une formalité. Et, de toute façon, cela relevait tellement de l'évidence : on ne lutte pas contre les évidences, elles nous montrent le chemin, balaient les obstacles, nous conduisent au but. Elle se fourvoyait. C'est une violence de s'arracher au monde, même si le monde est hostile. Une violence de se détacher des proches, même s'ils sont indifférents. Une sauvagerie.

Ses certitudes ne vacillent pas, le doute ne s'insinue pas. Simplement, elle mesure le courage qu'elle va devoir déployer. La détermination qu'un tel acte exige. L'assurance. Pour ne pas flancher, ne pas se déliter, elle trouve une solution imparable : passer en revue les raisons qui l'ont amenée à choisir la mort. La solitude sentimentale, la fragilité sociale, le défaut d'avenir, le désarroi face au temps qui passe, l'inaptitude à trouver sa place, l'engourdissement général, une infirmité ou une imbécillité : ce ne sont pas les motifs qui manquent et ils s'additionnent.

Elle est la femme que son mari a quittée, la mère que ses enfants ont lâchée, une serveuse à temps partiel qui ne joint pas les deux bouts, elle nourrit la nostalgie d'une existence cotonneuse et ennuyeuse et ne conçoit de futur hélas que dans le dénuement, elle s'est étiolée, inscrite dans un processus lent mais implacable de dilution. Que peut-on espérer dans ce cas, sinon disparaître tout à fait ? Elle est la silhouette qui s'évapore au coin de la rue.

Cette fois, les pleurs ont totalement cessé. Le visage n'est plus qu'un masque de cire.

Dans cette hébétude, Laura se souvient qu'elle n'a toujours pas écrit le moindre mot, que la feuille est encore blanche, qu'il va bien falloir la fabriquer, cette lettre d'adieu. Elle retourne s'asseoir, reprend le stylo, comme pour créer un élan. Et une fois encore demeure stérile, inféconde. Cette nullité commence à lui peser.

Progressivement, elle mesure la parfaite inanité de son entreprise. À quoi bon disserter sur son suicide quand on s'y sent obligé, contraint ? À quoi sert de s'expliquer quand, de toute façon, on ne peut pas faire autrement que de se tuer ? Et puis, elle devine que personne ne la comprendra vraiment, que personne ne l'absoudra. Aussi est-il inutile de se lancer dans un discours. Mieux vaut s'en tenir aux paroles les plus simples, les plus sobres. Sur la feuille vierge, elle écrit : « Je n'ai pas eu le choix, pardon. »

Elle se relève, regarde de haut les mots qu'elle a tracés, comme s'il s'agissait de hiéroglyphes, de caractères mystérieux enfermant un secret, elle s'y attarde, se demandant si ça suffit, si ce n'est pas trop, et décide, pour finir, de s'en tenir là.

« Je n'ai pas eu le choix, pardon. »

Samuel

Il choisit de rejoindre le crématorium à pied. C'est une trotte depuis l'église de Crescent Heights et une bizarrerie dans cette ville où personne ne marche, mais il a besoin de respirer l'air pollué et de trouver dans la foulée une occasion d'échapper aux pensées sombres.

Sur le chemin, il fait une halte au Starbucks, commande un *caffè latte*. Tandis qu'il patiente pour récupérer son gobelet, il observe autour de lui la faune des étudiants penchés sur leurs Mac, surfant sur le Net, des sportifs en short et Nike Air qui sortent de la gym, des filles trop maquillées perchées sur des talons pour qui chaque minute est une représentation, et des serveurs habillés de vert dont les gestes habiles masquent mal l'effet de répétition. Une fois servi, il ressort : personne probablement n'aura remarqué sa présence. Même son costume n'aura pas attiré l'œil d'un curieux. À Los Angeles, personne ne regarde personne, chacun attend d'être regardé par tous les autres.

Quand il se présente devant le 6000 Santa Monica Boulevard, il constate que les « spécialistes de la crémation » n'ont pas menti sur leur statut de « professionnels » : le « Hollywood Forever » a toutes les apparences d'un temple romain et son espace funéraire est élégant, spacieux, tranquille. On devine qu'ici, tout est pris en charge, et organisé de sorte que l'élimination des morts n'apparaisse jamais pour ce qu'elle est vraiment : le choc ultime.

Samuel n'était pas très favorable à cette solution, celle de la combustion du cadavre. De fait, il accorde de l'importance aux rythmes de la nature, il aime – si on peut aimer cela – le principe de l'enfouissement d'un corps dans la terre, de son lent pourrissement, d'un retour à l'origine : il est gêné par l'accélération du temps, la violation du processus « normal ». Peut-être est-il un peu rétrograde. Peut-être faut-il y voir un effet de son athéisme. Il ne croit pas qu'une âme soit rendue à Dieu. Préfère qu'un être soit rendu à la terre. Mais il a cédé à Claire. Sans discuter. L'idée même de discuter de l'adieu à son fils, de toute façon, lui faisait horreur.

Une femme qui ressemble à s'y méprendre à une hôtesse de l'air (même voix rassurante, même sourire ineffaçable, même uniforme gris-bleu) le conduit jusqu'à la « chapelle ». Il se demande si les hôtesses continuent de sourire quand les avions se crashent, si elles ont pour consigne de ne jamais montrer d'affolement, y compris lorsque les carlingues perdent de l'altitude, dégringolent.

Tandis qu'ils marchent côte à côte, elle est légèrement penchée vers lui dans une sorte de révérence et déverse un étrange babil en forme de réclame : « De plus en plus de personnes optent pour la crémation. C'est une pratique qui devient courante. Les gens recherchent la simplicité et ils ont compris que les prochaines générations manqueront de place. Si je peux me permettre, vous avez fait le bon choix. » Il ne ponctue pas, s'obligeant à conserver son sang-froid.

La femme le fait pénétrer dans une pièce blanche, très épurée, presque clinique, où la seule touche de couleur provient du noir des bancs. La famille recueillie y est alignée. Derrière le recueillement, il distingue aussitôt une forme d'ennui : brûler un défunt exige un minimum de patience. Une heure et demie, à ce qu'on lui a expliqué. On lui a également précisé que ce ne sont pas les flammes qui réduisent le cercueil et le corps en cendres mais la chaleur. Un tel phénomène dépasse son entendement mais il fait confiance aux hommes de l'art qui domptent les incendies.

Il prend place au bout d'un banc, à l'écart, comme s'il n'appartenait pas à la famille, comme s'il était un étranger arrivé en retard, et cherchant à s'excuser avec pareille discrétion. Claire se retourne et lui fait signe de s'approcher mais, curieusement, il n'obtempère pas. Ce bout de banc lui convient. Cette solitude. Il y pense plus calmement à son fils qui se consume. Là, de l'autre côté de la paroi. Dans le ronronnement insupportable d'une soufflerie.

Tandis que les minutes s'égrènent, Samuel convoque des visions de Paul, se repassant mentalement un film en super-8 de mauvaise qualité, mal cadré, dont les images sautent. C'est une plage de Venice Beach, l'enfant doit avoir cinq ans, il a une dent cassée, on ne voit que cette dent absente dans le sourire trop grand, il court sur le sable, fait l'idiot, se fatigue, il porte un petit maillot de bain rayé de plusieurs couleurs. Samuel songe qu'il n'existe pas tant d'images que ça de son fils en mouvement. Très vite, il a rangé cette vieille caméra achetée dans une braderie. Il a dû penser qu'il n'aurait pas besoin de souvenirs de ce genre, de traces.

Et puis aussi, tandis que le corps se consume, il se livre, presque malgré lui, à un décompte macabre. Temps de combustion contre temps de vie. Quatre-vingt-dix minutes pour disparaître, pour effacer dix-sept années, deux mois et trois jours.

Lorsque le délai imparti est écoulé, un croque-mort dont la face est assortie à la fonction (on a peine à croire qu'il puisse rigoler avec des amis dans un bar bruyant autour d'une bière, le reste du temps) se présente, portant précautionneusement une urne entre ses mains ; il la tend à Claire qui se lève maladroitement et s'en empare avec timidité, avant de se tourner vers l'assemblée, avec, dans le dessin de ses traits, un désarroi terrible. Comme si elle réalisait enfin. Comme si, pour elle-même, elle se disait : voilà, maintenant, c'est fini. Bien fini.

Une mère qui perd son enfant connaît la détresse absolue, touche des profondeurs abyssales. Cette vérité rabâchée, mille fois entendue, prend tout son sens en cette minute. Elle éclate, là. Elle est dans le luisant des yeux. Dans l'effroi imbattable qui s'y révèle.

L'assemblée se retrouve quelques minutes plus tard sur le trottoir. On cherche du regard les voitures, on prononce des phrases banales, on voudrait ne pas s'attarder mais on hésite à se séparer. Claire propose de ramener Samuel à Sweetzer puisque c'est là qu'il a laissé la sienne. Les deux anciens époux sont désormais assis côte à côte, elle au volant, lui à la place du mort (expression tragiquement comique en la circonstance). Ils ne se disent rien. Qu'y aurait-il à se dire ? Ils se demandent ce qui s'est passé dans leur vie pour en arriver là, à cet instant, ce qui n'a pas tourné rond. Samuel détourne le regard vers les collines d'Hollywood, Claire reste concentrée sur la route.

C'est elle qui conservera l'urne. Cela aussi a été décidé. Samuel, une fois encore, n'a pas discuté. Il s'est dit : j'ai d'autres façons de me souvenir de mon fils. Il ne pensait pas au petit film en super-8. Il pensait à ce qu'il est le seul à avoir vu, et qui n'est gravé nulle part.

Pour l'instant, l'urne est installée sur la banquette arrière de la voiture qui les ramène. À la place réservée d'ordinaire aux enfants.

Laura

Le temps presse : dans moins de deux heures, le soir sera tombé. À cette époque de l'année, juste après Halloween, il fait nuit à 5 heures. C'est une nuit brutale, qui recouvre tout en quelques instants, prend au dépourvu même les plus habitués, fait chuter les températures et s'illuminer la ville. Or elle a prévu d'arriver à Newport Beach avant cette calamité, elle ne doit donc plus tarder. D'autant qu'elle n'entend pas renoncer à son crochet par Griffith Park. Laura s'en tiendra à ce qu'elle a planifié.

Elle met à la poubelle la canette de Coca que Vincent a bue tout à l'heure, non sans une hésitation parce qu'elle est l'ultime trace de son fils. Dans le réfrigérateur, elle repère les denrées périssables (le lait, le beurre entamé, les yoghourts, des tranches de poulet sous un Cellophane ouvert) et les jette à leur tour aux ordures. Elle n'a pas envie que ça pourrisse là-dedans, si jamais on met plusieurs jours à constater sa disparition. Car elle se prépare à éteindre l'électricité, s'étant toujours méfiée des courts-circuits qui se produisent quelquefois en l'absence des habitants et déclenchent des incendies involontaires. Elle coupe l'eau pour un motif équivalent : prévenir d'éventuelles fuites. On n'est jamais trop prudent. À chacune des fenêtres, elle abaisse les stores : on ne verra pas l'intérieur de son appartement depuis la rue mais la lumière continuera d'entrer par les stries. La maison sera close mais, au moins, ne sentira pas le renfermé. Elle inspecte les pièces, comme on le fait dans les lieux où l'on sait qu'on ne reviendra pas, les chambres d'hôtel par exemple. Pour être sûre qu'elle « n'a rien oublié ». Mais que pourrait-elle avoir oublié ? Et quelle importance si elle avait oublié quoi que ce soit ? Toujours cette maniaquerie, on ne se refait pas. C'est aussi, peut-être, sa façon de ne pas partir encore, de retarder l'échéance, ou, au contraire, de dire adieu à l'endroit, de prendre congé. Et puis, c'est fini. Elle saisit son sac à main, les clés de sa voiture, le sac plastique noir, fait claquer le bouton du disjoncteur dans l'entrée, et quitte l'appartement. En se refermant, la porte produit un bruit familier.

Au-dedans, tout est désert, dorénavant. Interrompu, vitrifié. Nul bruit, pas le moindre mouvement, juste de la poussière en suspension qui peu à peu se déposera sur les meubles, sur la lettre, sur les dernières années de sa vie.

Elle rejoint le parking, balance en passant sa poubelle dans le local prévu à cet effet, et se dirige vers sa voiture. Ses pas résonnent, fabriquent un écho inquiétant, comme dans les mauvaises séries B qu'elle regarde parfois à la télévision. Elle monte dans sa Toyota Prius, dépose son sac à main sur le siège passager et s'amuse à penser que le pistolet occupe la place du mort. Elle démarre, ne faiblit pas. Il lui faut abandonner les lieux, c'est ainsi qu'elle a écrit l'histoire.

Lorsqu'elle s'engage dans Sweetzer Avenue en direction de Sunset Boulevard, le soleil vient heurter son pare-brise. Elle redouble de précaution, ne s'étant jamais vraiment sentie à l'aise au volant. La plupart du temps, c'est Michael qui conduisait. Et depuis qu'elle est seule, il est arrivé fréquemment que ce soit Vincent qui l'amène au supermarché. Pour le reste, elle se sera avérée assez sédentaire. Ou aura adopté la marche à pied, ce qui a fait d'elle, elle en est consciente, une martienne dans cette ville. Elle ne cache pas qu'elle n'a jamais vraiment été autonome. Elle est de ces femmes qui ont laissé le pouvoir aux hommes et se sont trouvées fort dépourvues quand les hommes sont partis.

Laura Parker bifurque sur Sunset Boulevard, tournant le dos au Pacifique. Elle roule vers l'est. Les feux de circulation et les croisements se succèdent. Avançant lentement, elle se fait dépasser par les autres voitures. Et quelquefois même klaxonner. Mais elle ne se laissera pas bousculer, indifférente au chahut, concentrée sur la tâche à accomplir. La longue saignée de bitume encadrée de palmiers gigantesques et d'enseignes commerciales s'ouvre devant elle.

Au niveau de Western Avenue, elle vire à gauche vers Los Feliz Boulevard et ne peut, c'est idiot, réprimer un frémissement, son dos se raidit, elle se tortille sur son siège. Quand elle parvient à hauteur de son ancienne maison, elle se force à garder son regard bien droit, à ne pas détourner son attention, refusant d'être rattrapée par la douleur. C'est trop tard. C'est surtout inutile. Elle poursuit son chemin, arrimée à son volant, et s'approche de Griffith Park.

Les derniers lacets de la route, elle les connaît par cœur. Combien de fois les a-t-elle empruntés, combien de fois a-t-elle marché sur le bord, frôlée par les automobiles, combien de fois a-t-elle gravi cette pente sinueuse, corps penché vers l'avant, écrasée par la chaleur ? En semaine, quand les enfants étaient à l'école, elle aimait entreprendre ce périple : rejoindre à pied les hauteurs de la ville. C'était pour elle l'occasion d'emmagasiner un peu de splendeur.

Elle gare la Prius sur le petit parking, presque désert en ce mardi de novembre, en plein après-midi, chausse des lunettes de soleil et sort de son véhicule. Elle observe son sac à main, où dort l'arme à feu, sur le siège droit et décide de l'y laisser. Personne ne viendra la cambrioler. En tout cas, ici, elle s'est toujours sentie en sécurité. Il lui a toujours semblé qu'il ne pouvait rien lui arriver de mal.

D'abord, elle choisit de grimper en haut des collines par les sentiers aménagés sur leurs flancs. Car c'est cela Griffith Park : un morceau d'Ouest américain à quelques encablures d'Hollywood Boulevard. Des crêtes, des rochers, des pins, des séquoias, de la terre brune, une nature sauvage, des serpents, à cinq minutes à peine de l'agitation urbaine et du « Walk of Fame ». Ses jambes la font souffrir parce que la balade exige des efforts et que le passage est escarpé, mais elle avance cependant avec entrain.

Elle parvient finalement à un sommet, le front ruisselant de sueur. De là, son regard embrasse la ville en contrebas, la plate étendue, le découpage harmonieux, les allées bordées d'arbres, et, au loin, telle une incongruité, les tours géantes de *Downtown* et celles de Century City. Le tout est recouvert par le légendaire smog, ce mélange inimitable de pollution et de brume de chaleur. Elle s'immobilise, les mains accrochées aux hanches, tâchant de recouvrer sa respiration. Une fois le calme advenu, elle savoure l'instant, la vue. Autour d'elle, personne. Juste la rumeur lointaine, assourdie de l'humanité en mouvement, portée par un vent léger.

Elle redescend de l'autre côté et rejoint l'Observatoire. Sur les pelouses impeccables, verdoyantes, au pied de l'imposant bâtiment blanc recouvert de son dôme, des sportifs font leurs étirements, quelques étudiants lézardent. Elle se souvient de s'être étendue dans l'herbe, une fois ou deux. De s'y être reposée. Au début, elle a eu l'impression de commettre une transgression, comme si elle n'était pas autorisée à faire cela. Et puis, elle s'est laissé gagner par un sentiment de bien-être. C'était peut-être ça, la transgression.

Elle passe devant le visage statufié de James Dean, cette sculpture ratée qui ne rend pas du tout hommage à la beauté fracassante de l'acteur. On lui a expliqué un jour que la scène de la bagarre au couteau dans *Rebel Without a Cause* a été tournée là. Elle n'a pas vu le film, ignorait que le fantôme de Jimmy rôdait dans les parages.

Elle ferme les yeux, pour mieux sentir l'effet du miraculeux soleil sur son visage, ses bras nus. Elle voudrait emporter toutes ces sensations dans la tombe mais elle est convaincue qu'on n'emporte rien dans sa tombe.

Car Laura ne croit pas en Dieu, n'y a jamais cru, faisant figure d'exception au sein d'une nation qui se précipite dans les lieux de culte et se réclame sans cesse des valeurs religieuses. Michael ne trouvait pas de temps pour prier. Elle s'est donc tenue à côté de cette ferveur, qui, de toute façon, lui a toujours paru un peu extravagante, un peu dangereuse. Les autres l'ont souvent regardée de travers, comme si elle trimballait une infirmité, une tare scandaleuse, mais se sont finalement résignés à ne pas chercher à la convaincre, tant elle véhiculait l'image d'une personne irréprochable. La bonté incarnée.

Et si elle avait cru en Dieu, est-ce que cela l'aurait détournée de la tentation du suicide ? Oui, peut-être n'oserait-elle pas se tuer. Trop tard.

Tenaillée par la soif, elle rejoint le café installé sur le côté de l'Observatoire. Sur la terrasse, quand on lève les yeux, le *Hollywood sign* est immanquable, les neuf lettres géantes sont accrochées comme une promesse. Elle commande un soda et remarque que la serveuse a approximativement son âge, et semble pareillement fatiguée. Se pourrait-il qu'elle soit sa sœur en détresse ? Se pourrait-il qu'il existe une chaîne invisible de femmes résignées ?

Laura reste dans ce café suspendu au-dessus de la cité, dans ce temps compté et néanmoins protégé, cette parenthèse enchantée. Les ciels étoilés, les comètes et les galaxies que la coupole abrite, là, à quelques mètres à peine, ne l'intéressent pas. Seul importe ce dernier moment de calme, volé à la violence.

Samuel

Quand Samuel démarre la Mustang, s'engage sur Santa Monica Boulevard afin de regagner sa maison du Pacifique, il sait qu'il en termine avec quinze années d'allers-retours dominicaux. Il ne jette pas un coup d'œil, même furtif, en direction de l'appartement de Claire parce que la nostalgie n'est pas son genre, mais comment réussirait-il à occulter qu'il effectue le trajet pour la dernière fois ? En réalité, il y a beaucoup de gestes qu'il accomplit pour la dernière fois depuis cinq jours. Il n'arrive pas encore à imaginer tous ceux qu'il va devoir accomplir pour la première fois, dès demain, cette nouvelle naissance au monde, un monde sans Paul.

Tandis qu'il roule, coude posé sur le rebord de la vitre ouverte, main gauche repliée sur la bouche, main droite arrimée au volant, ce sont les mots de Scotty dans l'église déserte qui lui reviennent. Donc Paul a agi sur un coup de tête. Cette précipitation lui semble terrible, bien sûr.

S'il avait réfléchi, aurait-il commis son acte ? Si s'était produit un ralentissement, s'il avait eu la possibilité de se poser quelques instants, si s'était présenté un obstacle imprévu, quelque chose pour stopper sa course, faire faiblir sa détermination, n'aurait-il pas renoncé ? S'il avait eu le temps de se calmer, de surmonter son humiliation, n'aurait-il pas compris qu'il faisait fausse route ? Samuel s'est promis de ne pas commencer ses phrases avec des « si » mais le défilement des miles, le grésillement régulier du bitume chaud sous les roues prêtent à ce genre de méditation, à la fabrication d'hypothèses biscornues.

À l'évidence, de telles suppositions sont atroces car elles induisent que la vie tient à un fil, et que, dans le même mouvement, la mort aurait pu facilement être évitée.

Paul a-t-il eu une seconde, une toute petite seconde d'hésitation, où la vie aurait pu gagner ?

La révélation de Scotty a néanmoins une vertu, une seule : elle explique pourquoi Paul n'a pas laissé de mot, pas de lettre qui puisse éclairer ou consoler. Il n'en a pas eu le temps. Car depuis cinq jours, Samuel n'en finissait pas de se demander pourquoi son fils avait jugé bon d'abandonner les vivants avec d'éternelles interrogations, donc d'éternels remords. Les interrogations demeureront mais, au moins, le silence de Paul n'est pas empreint de cruauté, de ressentiment.

Pour autant, s'il y avait eu une lettre, le chagrin aurait-il été moins violent ? Pas sûr. Car il aurait fallu vivre avec l'idée de la préméditation, la certitude d'un suicide pensé, mûri, accompli sans faiblir. Aurait-ce été seulement supportable ? Et puis, l'image de Paul écrivant les termes de sa propre condamnation, et refermant l'enveloppe contenant sa confession, cette image-là, elle aussi, est intolérable. Bref, où qu'il se tourne, Samuel se cogne contre un mur.

Il y a autre chose, bien entendu, qui nourrit sa culpabilité : l'existence de signes avant-coureurs qu'il n'aurait pas discernés. Depuis cinq jours, Samuel tente de se remémorer ce qui s'est produit au cours des derniers mois, des dernières semaines, et qui sortirait de l'ordinaire ou annoncerait, même indirectement, l'irréparable, mais il n'a rien trouvé. Et son échec, au lieu de le rassurer, le plonge davantage encore dans le désarroi car aussitôt, il se demande si son fils a su parfaitement dissimuler son désespoir ou si, lui, son père, n'a pas été tout bonnement, en permanence, inattentif.

Ce qu'il croit ? Le pire : il n'a pas voulu voir. Car, s'il est honnête, il reconnaîtra qu'il avait repéré la tristesse de Paul mais ne lui a jamais réellement accordé d'importance, estimant sans doute qu'elle finirait par s'estomper.

S'il dépasse le sujet de sa propre incurie, il doit néanmoins désormais se poser pour de bon la question essentielle, la seule qui compte, même s'il est trop tard pour y répondre : d'où lui venait cette foutue tristesse ?

C'était dans le regard, certains matins, quelque chose d'approximatif, une légère vitrification, une sorte de flou, une absence aux autres, une manière de ne pas être là, de s'évader. Samuel voulait y voir la propension de son fils à la rêverie quand il s'agissait, vraisemblablement, d'un sombre désir de fuite.

C'était dans les gestes, une fatigue quelquefois, une langueur, comme si tout en lui exigeait un effort, comme si des entraves le retenaient. Le pas était lent, la carcasse, pourtant si maigre, paraissait peser des tonnes, les bras étaient si ballants, on aurait juré qu'ils transportaient des valises. Samuel se moquait de sa paresse, pointait son laisser-aller, ou s'agaçait de sa négligence, quand il aurait dû s'inquiéter d'une inertie pareille.

C'était dans son silence aussi, une faculté à ne pas parler pendant des jours, à ne pas desserrer les lèvres. Samuel mettait cela sur le compte de la concentration, il se disait : ça vient des livres, du silence de la lecture, des heures passées sur le sofa. Il ne s'en formalisait pas, ne décelant dans ce mutisme aucune hostilité, pas la plus petite animosité. En réalité, cette défaite du langage, ou plutôt ce déni, signifiait probablement autre chose : une impossibilité à se relier au monde, une volonté de s'enfermer en soi-même.

Comment et pourquoi une telle résignation était-elle apparue ? Il l'ignore. Quels en étaient les motifs, les ressorts, la nature exacte ? Était-ce un sentiment d'abandon, né du divorce ? Le regret qu'on ne s'inquiète jamais assez de lui, alors qu'il aurait mérité davantage d'attention encore ? Un découragement, peut-être même une aigreur, parce que la vie ne tournait pas comme il le souhaitait ? Une sévérité envers lui-même, Paul s'estimant incapable de se montrer à la hauteur de ses ambitions ? Une angoisse devant l'avenir ? Un ennui profond, parce que rien ne l'intéressait, au fond ? Une sauvagerie originelle, dont on ne guérit jamais ? Autre chose ? Rien de tout cela ? Samuel ne résoudra pas l'énigme. Plus maintenant. De toute façon, à quoi cela servirait-il ? La réponse ne lui ramènera pas son fils. Elle soulagerait éventuellement sa mauvaise conscience ; espérance égoïste, méprisable.

Au-dessus de sa tête, un échangeur d'autoroutes figure une bestiole tentaculaire. Derrière la vitre, les panneaux publicitaires, une fois de plus, essaient de faire oublier la crise en vantant un bonheur à portée de toutes les bourses, des vacances formidables, des équipées familiales dans des véhicules tout-terrain et des régimes alimentaires qui marchent. À la radio, entre deux chansons, un flash d'information confirme des taux de participation très élevés à l'élection présidentielle. Rien de mieux pour s'extraire des constructions de l'esprit, des conjectures intimes ; et être ramené dans le réel. Cependant, c'est précisément le réel qui le dégoûte. Non pas celui de la victoire possible d'Obama mais le réel tout court, le bruit du monde, son affreuse trivialité et son implacable dérive.

Soudain, il perçoit le crissement d'un freinage brusque puis le bruit sourd de ce qui doit être une collision, derrière lui. Dans son rétroviseur, il distingue un véhicule propulsé contre la glissière de sécurité et un autre soudain immobilisé dont l'avant est embouti. Un accident de plus, qui provoque aussitôt un bouchon. Samuel, trop avancé, ne s'arrête pas. De toute façon, il se sait inutile. Et puis, les flics ne vont pas tarder à débarquer. D'ailleurs, il entend déjà les sirènes.

Laura

Désormais, il faut repartir. Reprendre la voiture, redescendre dans l'arène, retrouver la ville. La parenthèse est refermée, elle savait que ce serait la seule dans cette journée particulière. Désormais, elle entame la dernière ligne droite, celle qui conduit à l'acte irréversible.

Elle compte une bonne heure de route avant d'atteindre Newport Beach. Peut-être davantage s'il y a des embouteillages. Et il n'est pas rare que les autoroutes soient encombrées dès le milieu de l'après-midi. La 405 n'échappe pas à la règle.

Voulant éviter Los Feliz, elle plonge directement vers Santa Monica Boulevard et se concentre sur la circulation, faisant peu de cas des enseignes qui se succèdent, magasins de vêtements, restaurants, boutiques de téléphones, supermarchés, *video stores*, salles de sport, pharmacies ; tout se répète, se mélange, se confond. L'application à conduire lui évite une sentimentalité de mauvais aloi. Accomplir les choses mécaniquement lui permet de ne pas sombrer dans la mélancolie. Elle a compris que, dans son renoncement général, il est des choses, des paysages, des êtres qui prêtent au regret, que ce regret est comme une morsure, ou une démangeaison. Cependant, ce qui compte, c'est de tenir. De se foutre de la nostalgie.

Au niveau de Sepulveda, elle rejoint la San Diego Freeway. La Toyota se fond dans le flot ininterrompu des voitures, devient un simple véhicule parmi des milliers d'autres. Cet anonymat, ce rapetissement conviennent à Laura, qui ne souhaite plus que cela : la dilution, l'effacement. Pour passer le temps, elle allume la radio et recherche une fréquence musicale : les chansons indigentes et sirupeuses sont ce qu'il y a de mieux pour l'accompagner, la bercer, lui vider la tête. Et, quand les souvenirs déboulent, elle s'oblige à chanter, à ânonner les paroles, parfois même à hausser la voix comme si son propre bruit chassait les mauvaises pensées.

Elle croise la Marina Freeway et ne peut s'empêcher de se remémorer un week-end à Marina del Rey avec ses fils. Pour quelle occasion ils s'étaient rendus là-bas, elle l'a oublié mais elle revoit Arthur et Vincent s'ébrouant dans l'eau, et, plus tard, mangeant des glaces dans une sorte de fête foraine, ils devaient avoir huit et six ans. Michael ne les accompagnait pas, sans doute retenu par son travail. Elle pense qu'elle n'a pas eu tellement de moments seule avec ses deux fils, des moments de pure détente, de soleil et de mer, ceux qu'on fixe sur des Polaroid. Pourtant, il n'en est resté aucune trace. Elle avait dû oublier d'emporter l'appareil photo.

Chasser les images du passé qui font mal. Revenir au bitume gris, à la ligne jaune, aux panneaux suspendus au-dessus de la route, à la plaque minéralogique de la voiture, là, juste devant. Revenir au matériel, au concret. Ne pas céder à la sensiblerie. Pas maintenant. Laura Parker serre ses mains sur le volant et fait un mouvement de tête vers l'arrière pour détendre sa nuque. Puis s'attache au claquement régulier du caoutchouc des pneus contre les dénivelés et les aspérités de la route.

Elle avise maintenant les pancartes qui indiquent la direction de l'aéroport. Et se demande fugacement si elle n'aurait pas mieux fait de partir plutôt que de se supprimer. Oui, après tout, pourquoi pas ? Elle pourrait prendre un avion, n'importe lequel, vers n'importe où, et commencer une nouvelle vie ailleurs. On n'est pas obligé de mourir, on peut essayer de vivre dans d'autres contrées, loin de ses racines, loin de tout ce qu'on connaît et qui fait horreur, on peut essayer de continuer à vivre mais différemment, tout à fait différemment. Cela s'est déjà vu, des disparitions inexpliquées, des départs sans retour, des exils définitifs. Et c'est tout aussi radical qu'un suicide. Peut-être plus radical encore, parce que le doute subsiste, parce que des gens espèrent votre réapparition. Les pancartes annoncent la dernière sortie pour l'aéroport : il suffit de bifurquer à droite. Ce n'est qu'un tout petit coup de volant, un geste tout bête, incroyablement simple. Quelle destination ? Le Canada, le Brésil ? L'Europe ? Allez, il suffit de mettre son clignotant, d'emprunter la bretelle et voilà, c'est fait. Mais non. Laura continue tout droit, sans dévier. Elle déteste les surprises de dernière minute, les changements de programme intempestifs. Les coups de tête ne sont pas dans sa nature.

Soudain, un ralentissement se produit, un embouteillage se forme. À moins d'un demi-mile, on ne roule plus que sur trois voies, semble-t-il. Elle présume qu'on réalise des travaux au prochain embranchement, mais à mesure qu'elle se rapproche, elle perçoit une fébrilité, devine une situation anormale et une sirène de la police la confirme dans ses craintes. À la hauteur d'Avalon Boulevard, deux voitures sont visiblement entrées en collision. Quand finalement elle parvient non loin de la scène de l'accident, elle voit d'abord ses compatriotes qui, tous, au volant de leur véhicule, tournent la tête, se tordent littéralement le cou pour évaluer l'ampleur des dégâts et ne pas en perdre une miette. Les hommes sont ainsi faits que le sang les attire, le péril des autres les réjouit. Laura voudrait ne pas leur ressembler, ne pas avoir leur goût morbide, leur curiosité malsaine. Elle s'oblige à ne pas regarder en direction des voitures endommagées, de la tôle froissée. Néanmoins, elle remarque sur la chaussée le verre brisé, et, chose curieuse, une valise éventrée : elle suppose que c'est le choc qui l'a envoyée valdinguer, qu'elle a dû traverser un pare-brise. Elle songe à l'inattention d'une seconde qui provoque une violence inouïe, ou à l'impatience qui conduit au drame. En dépassant le lieu du heurt, elle aperçoit les éclats de feu d'une scie électrique découpant de la tôle et redoute que la personne encastrée soit dans un bien mauvais état. Elle se dit que cette personne n'avait pas envisagé de mourir aujourd'hui. Un peu plus loin, un type en uniforme blanc, adossé à une ambulance, attend qu'un verdict soit rendu, qu'un corps contusionné, vivant ou pas, lui soit livré ; il tire nonchalamment sur une cigarette.

Aussitôt après, la circulation redevient fluide, ça roule à nouveau. Certains même accélèrent pour rattraper le temps perdu, probablement agacés par cette contingence. Au fond, la mort d'un inconnu n'est rien : à peine un minuscule caillot dans une veine gonflée, qui ralentit légèrement l'afflux de sang, mais ne l'interrompt pas.

Laura s'efforce de penser à autre chose. La proximité de l'université – elle est là, à une encablure, sur la gauche, dans les Dominguez Hills – lui en fournit l'occasion, en la ramenant au temps de ses vingt ans. Elle n'y aura effectué qu'un bref passage, mais assez long tout de même pour qu'il change le cours de son existence. Puisque c'est à la faculté qu'elle a rencontré Michael. Elle se souvient d'un grand jeune homme, de deux ans son aîné, un peu dandy dans l'allure. Elle n'a pas été frappée par sa beauté, qui lui valait quelques succès, mais plutôt par son sérieux. Car, à le fréquenter, elle a compris qu'il n'entendait pas papillonner, mais bien plutôt avancer dans la vie, réussir. C'est donc son ambition raisonnée qui l'a séduite. Son assurance aussi. Cette assurance qu'il a manifestée dès leur première nuit ensemble – c'était dans sa chambre d'étudiant. Elle a compris qu'elle pouvait se donner à un homme comme lui. Elle ne le regrette pas. En dépit de tout ce qui est arrivé bien des années plus tard, non, elle n'a pas de regrets.

Une fois, une seule fois, elle l'a senti désarmé, maladroit, ému. Le jour où il l'a demandée en mariage (ils se connaissaient depuis un an). Elle se doutait qu'il allait lui faire sa déclaration, s'y était préparée, en était heureuse, savait qu'elle répondrait oui, bien que cela parût précipité et qu'ils fussent si jeunes. Mais la vraie surprise est venue de sa balourdise, de son bafouillement. Elle était persuadée qu'il se comporterait avec cet aplomb et ce sang-froid qui étaient sa marque de fabrique. Au lieu de quoi, il s'est montré empoté, bêtement grandiloquent, finalement ridicule. Et elle a été touchée par cette défaillance chez lui, cette faiblesse inattendue. Juste après avoir entendu son oui, il s'est repris, a recouvré sa superbe, son habituelle autorité. Ils se sont mariés trois mois plus tard.

Laura s'en veut tout à coup de convoquer de pareils souvenirs. De se laisser rattraper par son passé. Elle n'a pas intérêt à mollir. L'attendrissement est le meilleur ennemi du courage. Dans un effet de balancier, désormais usuel, elle visualise la dernière rencontre avec son ex-mari. Elle se remémore la froideur, la cruauté, le gouffre entre eux, et l'impression poisseuse éprouvée alors : celle de n'avoir rien en commun avec l'être avec qui elle venait pourtant de vivre vingt ans. Immédiatement, l'attendrissement vire au dégoût.

Tout de même, elle est décontenancée par ces assauts répétés, ces résurgences régulières d'une mémoire douce. Et si cela faisait trembler sa main ? Et si cela l'empêchait d'appuyer sur la gâchette ? Est-ce qu'à la dernière minute elle pourrait flancher ? ne pas y arriver ?

Samuel

Le ciel blêmit : c'est le soir qui s'annonce, il n'est pourtant que 16 h 30 mais Samuel connaît par cœur ce changement de la lumière ; quand le bleu s'estompe et que le noir n'est pas encore là, on passe par des teintes de blanc, d'ivoire, de laiteux, de gris, la brume revient sur le Pacifique, d'abord rasante, puis en nappes, rendant l'horizon nébuleux, les flots imprécis, un vent léger souffle qui fait frissonner les palmiers, la fraîcheur gagne, il ne faut pas attendre longtemps avant que la nuit n'arrive. Les étrangers se font toujours surprendre, ils croient qu'ils disposent de temps devant eux avant de remonter de la plage et soudain, se retrouvent enveloppés d'obscurité. Samuel sait que la nuit ne tardera plus.

Il gare la Mustang sur le côté et pénètre dans la maison par la porte de l'allée, qui donne dans la cuisine. Il dépose ses clés sur la paillasse et file immédiatement dans la chambre pour se débarrasser de son accoutrement : il dénoue sa cravate, jette la veste sur son lit, balance sa chemise auréolée de transpiration dans la panière à linge sale, retire ses chaussures, ses chaussettes noires, son pantalon, le voilà en caleçon, délesté enfin.

Dans la salle de bains, il aperçoit son reflet, la maigreur, il voit aussi le visage creusé, les yeux cernés, il ferait presque peur. Il contemple une version vieillie de lui-même, comme si l'adolescent de Louisiane était encore présent, mais nimbé désormais d'une peau tombante, ridée, comme si la douceur et la rousseur avaient disparu pour fabriquer cet épiderme tanné, fripé. Il ôte finalement son caleçon et entre dans la douche : il faut qu'il se lave, se défasse de la journée, qu'il enlève la saleté de cette journée, il frotte avec un savon, avec un gant de crin, n'importe quoi, il faut que ça disparaisse, l'horreur de cette journée, il sent l'eau chaude rebondir sur ses épaules, couler le long de son torse, s'enrouler autour de ses cuisses, il espère que l'eau va emporter avec elle dans le siphon l'intégralité de cette journée.

Quand il ressort, la buée a envahi la glace et une odeur de moisi et d'humidité lui saute aux narines. Il s'essuie trop vite, pas bien, retourne dans sa chambre, enfile un jean, un tee-shirt déchiré au col, redevient le peintre hippie qu'on visite parfois telle une attraction locale. Il s'assoit sur le rebord du lit, enfouit son visage entre ses mains, cherchant à faire le vide, convaincu que le vide est encore ce qui peut l'empêcher de sombrer maintenant que la solitude est gigantesque, maintenant qu'elle est totale.

Lorsqu'il relève la tête, il regarde le ciel par la fenêtre et constate que le gris l'emporte largement.

Lorsqu'il quitte la pièce pour regagner le salon, il est irrésistiblement attiré par la chambre de Paul, sur son passage, dont la porte est entrouverte. Il sait qu'il ne doit pas y entrer, pas maintenant. Cela fait déjà cinq jours qu'il n'y entre plus, il peut bien patienter encore un peu. Il sait que la brutalité sera trop grande, trop vulnérante, et que, par ailleurs, viendra nécessairement un moment (dans une semaine ? un mois ? un an ?) où il sera enfin capable de pousser la porte : autant attendre ce moment. Pourtant, là, tout de suite, c'est plus fort que lui, plus fort que sa propre volonté : il a *besoin* de pousser la porte. Impossible de combattre cette pulsion, de la contrecarrer. Il songe à ces actes fous que certaines personnes commettent, inintelligibles, sidérants, qu'on ne parvient à justifier après coup que par la folie précisément. On dit : « Ces personnes ont perdu la raison, ça n'a duré que quelques secondes peut-être mais leur raison s'est perdue, on ne peut pas comprendre autrement, elles n'étaient plus elles-mêmes. » On dit ça. Pousser la porte est un acte fou. Et c'est ce qu'il fait.

La vérité, c'est que cet acte, pour dément qu'il soit, prend à l'évidence sa source dans les heures qui viennent de s'écouler, celles de l'adieu, et qu'il en constitue, d'une certaine manière, l'épilogue. C'est une ultime mise à l'épreuve, l'obligation d'aller au terme de la souffrance, de ne pas retirer du bras la lame rougie tant que le rouge demeure.

Samuel découvre les lieux tels que Paul les a laissés, en partant, le dimanche soir. Ce qui le frappe et lui apparaît comme une confirmation des propos de Scotty, c'est le fouillis. Un garçon qui part vers la mort met un peu d'ordre dans sa vie, voilà ce qu'il croit. S'il ne l'a pas fait, c'est qu'il *ne savait pas* à ce moment-là, ou, au moins, qu'il n'était *pas sûr*. La housse de couette est en boule, le drap est froissé, un coussin gît à terre. Le premier crève-cœur, bien sûr, c'est l'oreiller : creusé à l'endroit où Paul reposait sa tête, il en épouse la forme. En s'approchant, Samuel constate que des cheveux y sont encore éparpillés. Il y subsiste même peut-être son parfum mais cela, Samuel est incapable de le vérifier. Il songe que le corps vivant, chaud de son fils a dormi sous cette couette, que cela s'est produit pendant des années, des années et que cela ne se produira plus. Il ne touche pas aux draps, comme s'il redoutait l'électricité du contact, et contourne le lit.

Là, sur le côté, il aperçoit des chaussettes qui traînent, un pantalon de pyjama qui a dû glisser du dossier de la chaise, et une tache sur la moquette. Il se rappelle qu'un jour Paul a renversé un bol de chocolat à cet endroit et la tache, malgré les différentes tentatives de lavage, n'a jamais disparu, figurant tout à la fois un résidu d'enfance, de maladresse, de matin mal réveillé. Cette négligence qui l'a toujours irrité l'attendrit aujourd'hui.

Samuel continue de progresser lentement, comme s'il se trouvait sur une scène de crime et devait ne toucher à rien afin de ne pas prendre le risque de se priver d'indices précieux. Sur le petit bureau, à côté du lit, c'est la même anarchie : des feuilles éparses, des crayons, des trombones, un livre de géographie ouvert, une revue de surf, et l'écran éteint d'un ordinateur. Il sait que n'y figure aucune lettre d'adieu : un policier est venu inspecter, consulter, éplucher tout cela en fin de semaine dernière, il l'a laissé faire, préférant se tenir sur la terrasse lors de l'examen, ce viol. Du coup, Samuel songe que ce fatras n'est peut-être pas celui de son fils, mais la conséquence des recherches menées par le policier. Il évacue rapidement cette idée : non, ce bric-à-brac, c'est bien Paul. Quand on connaît quelqu'un aussi bien, on reconnaît même son désordre, et au premier coup d'œil.

Il s'efforce de ne s'attarder sur aucun détail car il se doute que ce sont les détails qui lui briseront le plus le cœur, se contentant de balayer du regard. Son attention est cependant arrêtée par une cordelette rouge, très usée, tombant presque en lambeaux, qui fut autrefois un bracelet attaché à son poignet droit, un de ces porte-bonheur qu'il faut conserver sur soi jusqu'à ce qu'ils cassent, parce qu'à l'instant où ils cèdent, la réalisation d'un vœu devient possible. Paul a cru à cette fable, il a porté le gri-gri de nombreux mois. Son vœu s'est-il réalisé ? Quel était-il ? Il ne l'a jamais dit. Il fallait se taire si on voulait être exaucé. Paul avait insisté pour en offrir un à son père mais il avait refusé, ne souhaitant pas se prêter à cette pantomime. Il aurait dû accepter, et prier pour que son fils reste en vie.

De l'autre côté du lit, une commode où sont rangés des vêtements. Samuel n'a pas la force d'en ouvrir les tiroirs. Il songe qu'il faudra, un jour, entasser ces vêtements dans des sacs en plastique et les confier à l'Armée du Salut, aux nécessiteux. Il songe qu'un jour, peut-être, il croisera dans la rue un garçon de dix-sept ans portant un tee-shirt de Paul et que ça lui fera plier les genoux. Il ferait mieux de tout brûler. On brûle bien les corps.

Sur le mur au-dessus du lit, l'image d'un surfeur sur une vague parfaite. Et sur un autre pan, une image en noir et blanc, découpée dans un magazine : une photo de James Dean, avec cette phrase si connue qu'on la lit comme un refrain, si bêtement romantique qu'elle en devient risible et qui, aujourd'hui, lui glace les sangs : « Vivre vite, mourir jeune et faire un beau cadavre. »

Samuel est aussitôt saisi de nausée. Il lui faut sortir, de cette chambre, de cette maison, aller respirer l'air du Pacifique qui ne guérit de rien mais gorge les poumons. Il gagne la terrasse, presque en titubant. La plage est déjà sombre, elle lui paraît curieusement hostile. Il bifurque en direction de la ville. En déboulant sur le trottoir, il est ébloui par les phares d'une voiture arrivant en sens inverse.

Laura

Il est presque 17 heures quand la Prius entre dans la ville. Laura allume ses phares. D'un seul regard, elle reconnaît tout. Même cerné de brume, le lieu lui est absolument familier. C'était là, l'enfance. Elle ne se rappelle presque rien de San Diego où elle a pourtant passé les cinq premières années de sa vie. Pour elle, tout commence ici. Tout finira ici.

Elle reconnaît les palmiers aux troncs interminables (comme s'ils n'étaient pas identiques à ceux de Los Angeles), les rues où le bitume s'est craquelé sous l'effet de la chaleur, les maisons de bois blanc, alignées sur la jetée, celles qui ont des bow-windows, des balcons au premier étage, des toits en V, celles qui ressemblent à des cubes aux lignes modernes, aux larges baies vitrées. Devant chacune de ces maisons, un petit jardin, le plus souvent délimité par une haie, et ponctué de roses, en tout cas arborant un parterre de fleurs, une terrasse où on a installé des fauteuils profonds, des chaises en osier, des tables basses, où on dîne le soir venu, l'été, en contemplant le Pacifique. Parce que, bien sûr, ce qu'elle reconnaît le mieux, c'est l'océan, qui n'est pas le même ici qu'ailleurs : elle l'a décrété à l'âge de six ans, devant des adultes qui ont éclaté de rire, et n'en a jamais démordu. Ça tient à la couleur, même si elle est changeante, aux vagues, qui ne brassent que peu d'écume, à la ligne d'horizon qui ne donne pas la sensation d'être inaccessible. Ça tient aussi au bassin, au lido de Balboa, cette enclave qui attire les touristes, où des bateaux de plaisance font entendre le hochet de leur mât, et que traverse un ferry. Elle a marché souvent sur le pont qui conduit à l'embarcadère, joué sur le banc de sable qui le longe. Laura s'est toujours sentie en sécurité ici. Elle y a découvert une forme de plénitude, un terme que toutefois elle n'emploierait jamais.

Elle aime tout, même les restaurants pour les vacanciers et les boutiques de souvenirs, qui ne sont là que pour attirer le chaland, attraper le gogo, et la roue multicolore où grimpent des enfants. Même les maisons fermées dix mois sur douze, ou celles qu'on n'ouvre que le week-end. Même les parkings qui dénaturent le paysage. Tout, sans discernement. S'il n'y avait pas eu

Michael, la perspective d'une existence confortable à L.A., elle ne serait jamais partie. Elle revient.

C'est son père qui a choisi d'installer sa famille dans le comté d'Orange. Il en avait assez de San Diego, où il avait grandi ; il s'en était lassé. Il voulait également une belle maison pour sa famille. Certes, ils ne roulaient pas sur l'or, mais disposaient d'une certaine aisance. Ils personnifiaient la classe moyenne travailleuse, à l'abri du besoin. Il fallait un foyer en rapport avec cette situation. Et, de toute façon, l'appartement de San Diego était devenu trop petit, avec les enfants. Il y avait autre chose : il aspirait à une certaine quiétude, en rentrant, le vendredi soir, après cinq journées passées sur les routes. Newport Beach, pour cela, figurait un cadre idéal. Enfin, il voulait le sable, l'océan pour sa progéniture, il avait l'idée que c'était idiot de se priver de ce que la Californie avait de mieux, et que c'était bénéfique pour des gamins de se tenir éloignés du stress des villes.

Il avait raison, voilà ce que pense Laura. Elle l'a adoré, ce père trop absent mais si attentionné, si affectueux. Elle a pleuré souvent, bien sûr, de l'avoir si peu pour elle, et été heureuse, plus souvent, de se jeter à son cou, de le retrouver, de se blottir contre lui. Elle l'adore encore aujourd'hui, malgré la vieillesse qui le diminue, ralentit son pas, affecte sa mémoire. Elle est épouvantablement peinée de savoir qu'elle va lui causer du chagrin. Pourtant, en son for intérieur, elle pressent qu'il comprendra, qu'il sera peut-être le seul à comprendre son geste. Il sera anéanti, selon toute vraisemblance, mais estimera que, si elle a agi de la sorte, c'est qu'elle n'avait pas le choix, c'est que tout était devenu trop lourd. Il n'a jamais discuté les décisions de sa fille, convaincu qu'elle savait ce qu'elle devait faire, ce qui était bon pour elle. Il regrettera simplement de ne pas l'avoir aidée autant qu'il aurait dû (finira-t-il par admettre qu'il n'a, en réalité, pas du tout failli à son devoir ? Elle l'espère). Quoi qu'il en soit, il devra vivre avec la morsure du regret, pour le temps qui lui reste.

Elle s'approche de la maison, la dépasse afin d'aller garer sa voiture un peu plus loin. Elle bifurque dans une rue adjacente peu passante, remarque un stationnement à l'écart, au croisement de Coral et de Park, stoppe sous un arbre. Là, sans tergiverser, elle prend son sac à main, descend de la Prius qu'elle ferme à clé, en songeant qu'on la découvrira dans quelques jours, ou qu'elle finira en fourrière pour stationnement impayé. Étrange épilogue, mais c'est ainsi. Laura s'éloigne sans se retourner et revient en direction de la maison. L'air lui semble tiède alors même que le jour tombe.

Soudain, elle prend conscience qu'on pourrait la reconnaître : un voisin, un ami. Il sera toujours temps d'improviser alors. Il suffira de dire qu'elle rend visite à ses parents. L'inattendu intrus n'en sera pas surpris. Il ne la questionnera pas davantage et passera son chemin tandis qu'elle continuera le sien. À celui-là, demain, cette rencontre fortuite paraîtra lugubre. On l'interrogera peut-être. Il dira : « Elle avait l'air d'aller bien, non je n'ai rien remarqué d'anormal, je ne pouvais pas me douter, si j'avais su, je suis sous le choc. » Des phrases comme ça, toutes faites. Des phrases de journal télévisé.

Elle est devant la maison, maintenant, prenant garde à ne pas se faire repérer. Dieu merci, la vue de ses parents n'est pas très bonne, et leur attention moins bonne encore. D'autant qu'à cette heure-ci, presque entre chien et loup, le risque est mince qu'ils soient intrigués par une silhouette. Et puis, on a l'habitude des flâneurs par ici, leur présence n'étonne personne, et on se moque qu'ils ralentissent le pas pour jeter un œil.

Laura note que les massifs de fleurs sont toujours aussi bien entretenus (une manie de sa mère), que les coussins des fauteuils de jardin ont été rentrés (par crainte de l'humidité, insidieuse en cette saison), que la peinture s'écaille par endroits sur la façade de bois (il faudra mettre un coup de pinceau). Elle observe les bow-windows comme si elle ne les avait jamais réellement vus et porte son regard à l'intérieur, au-delà des rideaux entrouverts, dans la salle à manger. Sur la table impeccablement lustrée, la sempiternelle coupe de fruits. Tout à coup, sans préavis, elle est submergée par une émotion violente, en proie à un saisissement qui la fait trembler. Elle se dit qu'elle a tort de se trouver là. Évidemment tort. Certes, elle s'est promis hier, en arrêtant sa décision, de venir voir une dernière fois la maison. Mais c'est trop dur. Quasiment insupportable. Elle pourrait s'évanouir.

À l'instant où elle s'apprête à filer, un mouvement retient son attention. Son père vient d'apparaître dans la salle à manger et cette présence, aussitôt, la paralyse. Elle est happée par l'image du vieil homme (pourtant pas si vieux : il n'a que soixante et onze ans), tétanisée autant que fascinée par cette image, qui n'a cependant strictement rien d'extraordinaire, sinon qu'elle est la dernière. Il semble chercher quelque chose. Ses lunettes, pense-t-elle. Il est sans cesse à la recherche de ses lunettes et son épouse se moque de lui ou le houspille pour cette distraction obstinée. En fait, il s'empare d'un journal. Laura songe qu'il voudra faire ses mots croisés, ou consulter le programme de télévision. Ce n'est presque rien, juste un geste ordinaire, la vie normale, et cependant elle est dévastée, les larmes lui montent aux yeux. Elle a devant elle la preuve que la simplicité existe et qu'il est possible de s'en accommoder. Oui, on peut se contenter d'un destin minuscule, d'une retraite paisible, d'une attente tranquille de la mort. On peut même y puiser une forme d'harmonie. Et elle ne comprend pas pourquoi elle n'y arrive pas, pourquoi de ne pas y arriver la conduit à se tuer. Elle se demande ce que son père possède, ce que tous les autres possèdent, dont elle est privée. Est-ce de la sagesse, de la résignation ? Est-ce de la modestie ? Serait-elle folle, arrogante ? Incapable de se satisfaire de ce qu'elle a ? Il est trop tard pour trouver des réponses, des explications. Elle n'a plus la force, plus l'envie.

Elle a également, devant elle, à nouveau, la démonstration que le monde continue, et qu'il continuera sans elle, que demain et les autres jours s'accompliront ces mêmes gestes insignifiants, ces infimes traversées, ces rites sans importance, que battront encore des milliards de cœurs (mais pas le sien), que se poursuivra l'aventure fabuleuse et dérisoire de l'humanité.

Elle suppose que sa mère se trouve à la cuisine, occupée déjà à préparer le repas du soir. Elle l'imagine, désormais un peu lourde, un peu tassée, épluchant des légumes, ou disposant des pommes pour une tarte. Elle fait cela depuis si longtemps, sans se lasser, convaincue que c'est là son rôle, sa fonction. Laura n'aurait vu aucun inconvénient à lui ressembler, à emboîter son pas. Du reste, c'est ce à quoi elle s'est employée des années durant. Avant qu'on la congédie. Et qu'elle comprenne que tout cela n'avait pas autant de sens qu'elle le croyait. Et qu'elle découvre, en plus, qu'elle ne disposait de rien pour remplacer cette routine. Rien.

Son père quitte la salle à manger sans un regard pour le dehors, sans apercevoir la silhouette immobile derrière la fenêtre. En sortant, il éteint la lumière.

Samuel

Il frissonne, il a un peu froid, il est sorti précipitamment tout à l'heure et n'a pas pris la précaution de se couvrir, d'enfiler son sweat à capuche qu'il trimballe partout. Il pourrait rentrer ; après tout, il n'a rien à faire dehors et voilà bientôt une demi-heure qu'il déambule sans but précis mais, en vérité, la maison lui fait peur, le silence de la maison lui semble une perspective effrayante. Il vit seul depuis toujours pourtant, il est habitué à cette quiétude, à cette solitude, mieux : il les recherche, s'y sent à l'aise, s'y exprime, mais là, ce soir, il sait par avance que cette quiétude aura une autre texture, une épaisseur singulière, dégoûtante. Il sait qu'il existe différentes qualités de silence : celui de l'intimité n'a rien à voir avec celui du recueillement, par exemple. Et celui de l'absence, c'est encore autre chose, c'est le pire, celui-là. Il ne le supportera pas.

Il songe qu'il faudrait apprendre à se préparer aux disparitions afin de s'en protéger, mais la vérité c'est qu'on n'a pas assez d'imagination pour ça.

Il continue de marcher sur les trottoirs, sans même jeter un coup d'œil aux devantures allumées, où demeurent des stigmates d'Halloween qu'on vient juste de fêter. Il ne s'intéresse pas aux citrouilles qui sourient, ni aux fausses toiles d'araignée, ni aux cercueils, ni aux squelettes. De toute façon, la mort ne l'a jamais fait rire et il n'a jamais très bien compris comment on pouvait s'amuser, précisément, avec des symboles lugubres. Il le comprend encore moins aujourd'hui. Il ne regarde pas non plus les panneaux *For sale* qui jalonnent les rues, même s'il devine les existences détruites par les saisies depuis le commencement de cette foutue crise des subprimes. Il n'a plus de place pour la compassion. Il avance, tête baissée, les mains enfoncées dans les poches de son jean.

Il est encore bouleversé par sa visite de la chambre de Paul, hanté par ce qu'il y a vu, dévasté par l'histoire qui se raconte derrière ce qu'il a vu. Vrai, il n'aurait pas dû entrer, il s'en veut, il pourrait se battre, d'où a pu lui venir un tel masochisme ? Mais c'est trop tard pour les remords : il doit se débrouiller avec leur morsure. Oui, il visualise tout, et impossible de chasser les images, elles sont des lucioles qui tournoient autour de lui.

Il revoit le visage ensommeillé de son fils, le dimanche matin, le filet de salive sur le côté de sa bouche, la tête jetée en arrière comme s'il avait livré un combat, les draps tire-bouchonnés, et le rai de lumière filtrant à travers les stores et venant se poser sur son bras ; les granules de son bras aussi, les poils clairs qui s'y dressent, la candeur de ça, la pureté.

Il revoit son dos voûté tandis qu'il travaille à ses cours, sa nuque où perce l'os, la ligne de sa colonne vertébrale sous le tee-shirt, et sa jambe qui s'agite, joue la cadence, en signe de nervosité, d'agacement. Samuel, venu vérifier que son fils n'a pas une fois de plus cédé à la paresse, est resté planté pour l'observer par la porte entrouverte : il est fier de lui. Rien dans la scène ne justifie cette fierté et cependant, sans qu'il se l'explique, c'est ce sentiment qui domine.

Il revoit les traces de sable sur la moquette, la combinaison humide qui y forme une auréole, et entend le bruit de la douche qui coule dans la pièce à côté. C'est Paul rentré du surf. Paul ne rentrera plus du surf. Jamais.

À quel moment les souvenirs cessent-ils de blesser ? Voilà la question que Samuel se pose. À partir de quand cessent-ils d'être des lames qui cisaillent les mollets ? Il n'est pas idiot, il sait que cela ne se fera pas en un jour, qu'il lui faudra être patient, endurant, il sait qu'il y aura des accalmies et des rechutes, que, croyant avoir réappris à marcher, il tombera puis se relèvera, tombera à nouveau, se redressera encore, il sait que la route est longue, mais ça le tranquilliserait d'en connaître le bout pour être certain qu'il pourra tenir la distance.

Tenir la distance.

Quand les disparus cessent-ils d'être une pensée douloureuse pour devenir une pensée calme ? À quel moment peut-on rouvrir un album de photos sans éclater en sanglots, une boîte à musique sans la refermer aussitôt ? Combien de temps cela exige-t-il ? Y a-t-il une règle ? une moyenne ? Évidemment, il s'agit d'une interrogation imbécile mais comment échapper à l'imbécillité quand on a aussi mal ?

Ce qui rassure Samuel, c'est sa conviction que Paul est voué à devenir une somme d'impressions délicates, de réminiscences heureuses. Il est certain qu'il ne conservera que les jolies choses et fait même confiance à sa mémoire pour les embellir, si besoin. Un jour, il n'y aura plus de reproches, de regrets, de repentirs, il n'y aura que de la douceur. Plus de visions atroces, de corps suspendu, de cercueil consumé, d'urne, seulement des images radieuses. Des aquarelles.

Finalement, il relève la tête et aperçoit une guirlande illuminée serpentant entre les branches d'un arbre, puis une autre, et encore une autre. Ce n'est qu'une décoration, une attraction installée par un bar, mais il aimerait y discerner une métaphore. Il se demande si le chagrin du deuil porte forcément, même les plus athées, à ces ridicules élans mystiques. Il se dit que oui.

Sans s'en rendre compte, Samuel s'est approché de l'embarcadère. La petite foule régulièrement renouvelée de ceux qui effectuent la traversée l'aura probablement attiré là, malgré lui. Aussitôt lui vient l'envie de se mêler à eux, d'attendre avec eux le prochain ferry et d'y monter, d'aller de l'autre côté de la baie, comme ça, sans raison particulière, histoire de continuer la divagation, histoire de ne toujours pas rentrer chez lui.

Laura

Laura Parker s'est éloignée, elle marche le long de la jetée, son sac à main bien serré contre son flanc. Sentant la crosse du pistolet dans les replis du cuir, elle jette un coup d'œil à la dérobée comme si elle redoutait, pauvre folle, d'être démasquée. C'est alors qu'elle remarque un attroupement devant un café. Des femmes et des hommes se tiennent là, debout, de dos, regardant à l'intérieur du café. À première vue, ils paraissent former un groupe disparate : nul signe distinctif ou de ralliement, nulle ressemblance entre eux. On jurerait qu'ils ne se connaissent pas. Étrangeté supplémentaire : leur silence, presque leur recueillement, comme si leur attention était fixée sur quelque chose dans l'établissement. Le premier réflexe de Laura est de faire un pas de côté, afin de contourner l'assemblée. Pourtant, la curiosité finit par la ramener vers le groupe. Et sa dernière réticence est balayée par la conviction que ces conjurés de hasard ne s'intéresseront pas à elle : le spectacle est ailleurs. Elle se demande si un illuminé se livre à un prêche, ou si, plus sûrement, une personne a été victime d'un malaise. En s'approchant, elle comprend. Ou plutôt, la mémoire lui revient. Un poste de télévision est accroché juste au-dessus du comptoir et sur l'écran tombent les premiers résultats de l'élection présidentielle. En effet, les bureaux de la côte Est sont désormais fermés et les chaînes sont autorisées à communiquer leurs estimations pour ces États-là. Les badauds veulent savoir. La fin présumée du suspense les a attirés comme la lumière hypnotise les moustiques. Dans l'assistance, il y a probablement autant de militants républicains que de votants démocrates. L'heure ne doit pas être au triomphe mal placé pour les vainqueurs, à l'amertume virulente pour les perdants : ces consignes implicites expliquent le relatif calme qui règne, suppose-t-elle. À moins que ne se produise un remake du scrutin de novembre 2000, et dans ce cas la tension serait liée à l'incertitude du score. Elle se hisse sur la pointe des pieds afin de ne pas être la seule demeurée dans l'ignorance. Elle aperçoit du bleu, en nette majorité ; le rouge de McCain n'a droit qu'à quelques taches. Elle comprend qu'Obama a engrangé davantage de grands électeurs que son concurrent. Sur CNN, on explique que les États dont les estimations sont communiquées sont traditionnellement favorables aux démocrates et qu'il convient donc de ne tirer aucune conclusion hâtive. D'autant que la Floride n'a pas rendu son verdict. Or, ses vingt-six grands électeurs seront peut-être déterminants à la fin des courses. Bref, le suspense reste entier. Les commentateurs temporisent, les experts convoquent l'Histoire, les présentateurs s'obligent à présenter le masque de la neutralité, il est mentionné que la Californie a encore presque trois heures devant elle pour voter : la soirée risque d'être longue. Une page de publicité. Malgré cette pause, la tension ne retombe guère parmi les passants. Certains conversent entre eux à voix basse, d'autres se jettent des regards inquiets ou confiants, les mines sont entendues ou défaites. Impossible de se forger une opinion. Laura se recule légèrement, observe ces hommes et ces femmes d'Amérique qui attendent qu'on leur révèle le nom de leur prochain président, « le quarante-quatrième » est-il répété en boucle. Et elle songe que ce nom-là, elle ne le connaîtra pas. Et, finalement, elle s'en moque un peu. Tout de même, elle espère pour ses fils, pour Julia, pour Jake qu'Obama l'emportera. Car elle sait que ça leur fera plaisir. Jusqu'au bout, c'est des autres qu'elle se préoccupe.

Laura s'écarte du petit groupe, sans faire de bruit, sans se faire remarquer, et se dirige vers l'embarcadère. Frissonnant un peu, elle a le réflexe de rentrer la tête dans les épaules. Elle n'a pas pensé à emporter un gilet. Pourtant, elle n'ignore pas que les soirées sont fraîches en novembre, que le froid arrive vite dès que la nuit est là. En vérité, elle l'a occulté, tout bonnement parce que cette soirée, elle ne la vivra pas, elle n'aura pas à en éprouver la rigueur. Elle serre plus fort contre elle le sac à main qui renferme l'arme.

Sur la jetée, le long de Bay Front, les lumières s'allument une à une : celles des maisons et des lampadaires, celles des restaurants et des pontons. Elle a l'impression de déclencher cette illumination, à mesure qu'elle avance.

Laura et Samuel

Laura Parker et Samuel Jones attendent que le ferry ait fini de déverser ses quelques voitures et ses piétons pressés. Quand la place est nette, elle monte à bord et s'en va machinalement s'asseoir sur un des bancs. Lui reste sur le quai, jusqu'au dernier moment, comme dans l'enfance, quand il empruntait le bac reliant Saint Francisville à New Roads, non loin de Baton Rouge, pour traverser le fleuve. Aucun véhicule ne se présente. Seuls prennent place des adolescents un peu chahuteurs qui viennent probablement de terminer leurs cours et rentrent chez eux, et une vieille dame tenant un chien entre ses bras.

Donc, juste avant que la barrière ne se referme, Samuel grimpe sur le bateau et, sans réfléchir, vient s'installer à côté de Laura. Dans l'enfance, il gagnait la passerelle, où étaient accrochées les bouées de sauvetage, et s'en allait contempler le Mississippi, ample et puissant.

Mais ici, on est à l'étroit, et la traversée ne dure pas longtemps. Laura est un peu étonnée, et même indisposée, de le savoir si proche alors qu'il reste tant de sièges vides, et se raidit bêtement, comme pour marquer un inconfort, une réprobation. Du coup, elle se force à ne lui prêter aucune attention ; après tout c'est un inconnu, un passager comme un autre. Le ferry démarre, se désencastre lentement, prend le chemin de l'autre rive.

L'attitude préoccupée de Samuel (à moins que ce ne soit de l'affliction ?) finit par attraper le regard de Laura. À l'évidence, il y a dans les gestes de l'homme soit de la colère soit de l'abattement. Elle se radoucit. Cet individu qui ne lui est rien, dans un instant où elle ne devrait penser qu'à elle-même, l'intrigue. Elle remarque ses mains nerveuses. Et soudain, elle s'entend prononcer des mots. Oui, des paroles sortent d'elle, sans qu'elle les ait véritablement commandées, s'échappent. Elle dit : « Ça va, monsieur ? », juste cela, des mots tout bêtes, mais absolument spectaculaires pour qui aurait la moindre idée de sa situation à elle. Samuel se tourne lentement, surpris par cette intrusion. Qui est cette femme qui le dérange ? Et d'où lui vient pareil besoin de nouer un contact, surtout sur un bac, dans le jour déclinant ?

À l'instant où il pose les yeux sur elle, il sent une curieuse familiarité. Il a déjà vu cette femme, il en est presque certain. Elle doit habiter Newport, songe-t-il, c'est une femme du coin, il l'a probablement croisée au supermarché ou sur la plage. Cependant, il perçoit quelque chose dans son allure qui dément cette proximité, lui semble-t-il. Il la considère davantage comme une silhouette fugace. Où a-t-il pu entrevoir cette silhouette ?

Elle accomplit le même chemin, en silence : cet homme ne lui est pas étranger, elle connaît ce visage, ou plutôt elle reconnaît sa fatigue. Pour autant, elle est infichue de dire son nom. Elle ignore qu'il faudrait l'imaginer avec d'autres vêtements. S'il ne portait pas ce jean et ce tee-shirt mais un costume sombre, alors elle saurait. Le changement dans l'apparence l'empêche de s'engager sur la bonne piste.

Toutefois, cette hésitation, cette confusion sont vite balayées par l'embarras qui s'empare de Laura. Elle regrette d'être intervenue, voudrait expliquer qu'elle ne l'a pas fait exprès, elle ignore ce qui lui a pris, gênée comme si elle avait proféré une insulte. Samuel, revenu lui aussi de sa surprise, remarque son léger affolement et en est attendri. Il dit : « Non, ça ne va pas fort. Mais dites-moi si je me trompe, vous non plus, vous n'avez pas l'air en grande forme. » Et il sourit, pour corriger l'effet de son propos et détendre l'atmosphère, inventant, sans le savoir, une fraternité des éclopés.

Laura est tétanisée, incapable de déterminer si elle doit se détourner, se lever, sourire en retour ou tout bonnement répondre. Elle pourrait couper court à ce dialogue qui n'aurait jamais dû commencer, ou inventer une fausse connivence. Ou alors tout lâcher. Là, tout balancer, tout ou presque. Dire : « Je vais me suicider. » Elle s'est tellement tue, elle a tellement comprimé sa vérité intime, elle pourrait vider son sac et le type n'en reviendrait pas, il tomberait des nues, serait paralysé à son tour, par l'horreur de l'aveu d'abord, par sa propre impuissance ensuite. Oui, à bien y réfléchir, un inconnu, c'est le déversoir idéal, aucun risque, rien à craindre, le temps qu'il réagisse elle sera déjà loin, et il ne pourra jamais la retrouver. Ça la soulagerait probablement, ou ça lui faciliterait le passage à l'acte, elle se sentirait plus légère, débarrassée de ce qui l'écrase, disponible entièrement pour le suicide. Elle dit : « Je ne voulais pas être indiscrète. » Elle fait cela : balbutier une pauvre excuse, inventer une lamentable esquive, renvoyer mollement la balle. Jusqu'au bout, l'impuissance, la pusillanimité.

Samuel l'observe. « Indiscrète » ? Si elle savait ! Si elle savait pourquoi il a cette tête-là. Mais comment prendrait-elle la mesure de son malheur ? Et comment avouer à une étrangère : « Je viens d'incinérer mon fils. » De toute façon, lui-même ne sait quoi penser de cette femme hésitante, maladroite pour sûr : d'où lui vient cette maussaderie ? On dirait une personne qui a rendu les armes. Il ne ponctue pas sa phrase.

Et ils restent tous les deux, comme ça, sans plus rien se dire, assis côte à côte sur leur banc, étrangers l'un à l'autre et cependant reliés par un fil invisible. Ils s'en retournent à la contemplation de l'océan, à sa certitude rassurante, tentant de localiser un point à la surface des eaux sombres, un miroitement. Ils ne bougent plus le temps que dure la traversée. Et, au fond, c'est ainsi qu'ils se ressemblent le mieux : dans la détresse incommunicable, dans un mutisme qui les condamne.

Les adolescents ont mis leur chahut en sourdine, pianotant sur des téléphones portables, tête baissée, indifférents aux adultes défaits. La vieille dame caresse mécaniquement la tête de son petit chien. Tous tendent sans réfléchir un dollar au préposé aux billets lorsque celui-ci passe parmi eux ; un Latino rieur à qui nul ne rend son sourire.

Le ferry finit par accoster sur l'autre rive. Les jeunes gens sont les premiers à en descendre. Puis c'est la vieille dame, dont le chien s'est réveillé et jette un aboiement aigu et bref. Samuel se lève à son tour, attendant sans vraiment l'attendre que Laura l'imite, espérant que son mouvement l'entraînera mais, celle-ci demeurant assise, vissée au banc, il se dirige vers la sortie. En s'éloignant, il murmure, sans se retourner, un « au revoir ». Laura relève la tête, elle a cru entendre cet « au revoir » mais n'en est pas sûre. Peut-être n'est-ce que le vent du soir qui lui joue un tour.

Finalement, tandis que de nouveaux passagers effectuant le trajet en sens inverse investissent le bateau, elle se lève et gagne le quai. Elle est un peu perdue, un peu hagarde. Prendrait-elle enfin toute la mesure de l'acte qu'elle s'apprête à commettre ? Une bicyclette qui déboule et manque de la renverser la tire de ses pensées, en une seconde. Elle se redresse et entame sa dernière marche, traverse un parking et s'approche de la plage, où viennent s'échouer des vagues plus violentes.

Samuel est déjà loin. Il a repris sa déambulation dans le crépuscule. Mais soudain, il stoppe. Que fait-il ici ? Où va-t-il se diriger désormais ? Est-ce que ça va durer encore longtemps, la fugue, la lâcheté ? Et puis, il n'y a presque plus rien après, que le noir de l'océan. Il ferait mieux de rentrer. Pourtant, ses jambes le lui interdisent. Ou plutôt sa tête. Il s'assoit sur le banc, juste derrière lui.

Il est un endroit qu'elle affectionne, où elle venait se cacher quand elle était enfant, où sa mère la retrouvait (elle avait compris le truc, passé la première disparition) : il s'agit d'une minuscule langue de sable, une enclave très peu fréquentée parce qu'il faut franchir une barrière de rochers, et que des clochards y élisaient parfois domicile (mais la police municipale y a mis bon ordre, on ne plaisante pas avec le business du tourisme, toutefois la mauvaise réputation a du mal à se dissiper). C'est là qu'elle a rendez-vous avec elle-même. Elle constate qu'il n'y a presque plus personne sur la jetée. Les frimas ont fait rentrer les gens chez eux, le frisson électoral les maintient devant leur poste de télé, certains ressortiront plus tard, pour aller dîner, ou se promener nonchalamment ; en attendant le dépeuplement s'est fait, il ouvre devant Laura une route dégagée.

Sauf que non. Sur un des bancs, éclairé par un lampadaire, elle distingue une présence. À mesure qu'elle s'approche, la silhouette devient une personne précise : c'est l'homme du ferry.

Il est là, buste penché vers l'avant, visage tourné vers le sol, coudes posés sur les genoux, avant-bras pendants entre ses cuisses. Elle est saisie d'une brève panique. S'est-il assis pour l'attendre ? Et, dans ce cas, quelles seraient ses intentions ? Et puis, elle raisonne : il ne pouvait pas connaître la direction qu'elle allait emprunter. C'est donc le hasard qui les précipite l'un contre l'autre, à nouveau.

Elle devrait passer devant lui sans s'arrêter, sans même lui adresser le moindre signal. Mais, de même que les mots, tout à l'heure, ont jailli en dehors de son consentement, elle se voit ralentir le pas malgré elle. Lorsqu'elle parvient à sa hauteur, elle s'immobilise. Samuel se redresse alors.

Cette femme l'a-t-elle suivi ? Non, c'est absurde. Pourquoi aurait-elle fait une chose pareille ? Et puis, elle n'est pas le genre de femme qui suit les hommes, la nuit. Pas du tout. S'est-elle perdue ? Cherche-t-elle à se perdre ? Et pourquoi s'arrête-t-elle à sa hauteur ? Pourquoi a-t-elle ce regard, presque implorant, ou peut-être paniqué ? La familiarité qu'il a éprouvée tout à l'heure sur le ferry lui revient : se connaissent-ils ? L'a-t-il oubliée ? Resurgit-elle de son passé ? Samuel s'égare dans des conjectures fumeuses, que l'obscurité rend plus grotesques encore.

Il s'entend lui dire : « Vous ne devriez pas vous approcher. Je suis plutôt triste aujourd'hui. Et j'ai peur que la tristesse soit contagieuse. » Laura le dévisage aussitôt avec un air profondément désolé, qui formalise son impuissance. Incapable d'objecter à cet aveu intime, elle accomplit alors un geste incongru : elle va s'asseoir à côté de l'homme du ferry, pose son sac à main sur ses genoux et scrute le vide devant elle, avec lui.

La nuit les cerne. Laura choisit cet instant étrange pour se remémorer l'emportement de Jake, ce matin, ses paroles prophétiques : « L'Amérique est malade. » Elle songe qu'effectivement, plus rien ne tourne vraiment rond. Samuel a, de nouveau, braqué son visage sur le bitume de la jetée. Entre ses dents, il marmonne : « Ça vous arrive de ne pas savoir où puiser la force de continuer ? » Cette fois, Laura est certaine d'avoir bien entendu.

Elle le regarde avec une nouvelle intensité, contemple son infinie lassitude et voit la sienne comme en un miroir. Elle devine qu'ils ne se trouvent pas sur la même trajectoire mais, à la fin, malgré tout, c'est un même découragement qui les rassemble. Et surtout, elle se dit : peut-on prononcer mots plus exacts ?

Alors, ça se produit, le miracle : ils chancellent, faiblissent, de concert.

Tout à coup, elle songe, dans un extraordinaire paradoxe, qu'elle a peut-être tort, qu'elle a peut-être pris la mauvaise décision. Et ce n'est pas tellement parce que l'homme a l'air plus malheureux qu'elle : non, c'est simplement parce qu'elle est émue, troublée, et que ça ne lui est pas arrivé depuis très longtemps. Rien à voir avec de l'apitoiement : ce serait plutôt un émoi, un étourdissement, un sentiment qui ne serait pas désagréable. Et puis, l'homme est séduisant. Il a une beauté involontaire, qui le dépasse, qu'il ne maîtrise pas. Et un charme qui tient à son abandon. Laura se rend compte que, toute sa vie, elle a recherché la force, l'autorité, pour être rassurée, protégée, et qu'en réalité, sa vraie préférence, celle qu'elle a comprimée, allait à la fragilité.

Et lui, Samuel est ému par cette femme, qui ne sait rien de son drame et lui apporte néanmoins le réconfort qu'il cherche en vain depuis une semaine, celui qu'il n'a trouvé nulle part ailleurs. Par sa seule présence, elle l'apaise et lui laisse à penser que peut-être il n'est pas tout à fait détruit. Il aperçoit également le changement dans son expression à elle, qui témoigne de leur rapprochement. C'est infime, à peine perceptible, et c'est considérable, et soudain il ne voit plus que cette modification. Il esquisse un sourire. Auquel elle répond.

Dans le lointain éclatent des cris. De joie. On dirait que quelques électeurs, finalement, anticipent la victoire de leur candidat, la fêtent à l'avance. Cette liesse qui, il y a quelques minutes encore, leur aurait semblé insupportable, tant la joie des autres constitue une mortification quand on va mal soi-même, cette liesse, d'un coup, vient, à la façon d'une vague mourant sur le sable, se poser sur leur pauvre sourire.

Désormais, il suffirait qu'elle dise : « Oui, ça m'arrive de ne pas savoir où puiser la force de continuer : ça m'arrive en ce moment même. » Désormais, il suffirait qu'il dise : « Mon fils s'est donné la mort, je ne souhaite ça à personne. » Et ils seraient sauvés peut-être. Plus tard, ils raconteraient : « On est des rescapés. » Ils vont prononcer ces mots, ils vont être sauvés, c'est inéluctable maintenant, c'est une affaire de secondes.

Et la sonnerie d'un portable retentit. À l'instant précis où une seule parole, un seul aveu pourrait les arracher au désastre, le timbre d'un téléphone, le timbre risible d'un téléphone se fait entendre. Ils pourraient considérer cet accident comme une irruption grotesque, un dérangement ridicule. Ou bien comme une pause bienvenue dans leur basculement inattendu. Mais, en leur for intérieur, ils redoutent déjà qu'il ne brise leur imprévisible vacillement ainsi que leur improbable élan.

Elle hésite à ouvrir son sac à main dans le but de découvrir l'identité de l'appelant. Sans doute devrait-elle laisser sonner dans le vide, se moquer éperdument de ce retour fracassant du réel, présumer qu'il s'agit d'une erreur, ou d'un appel sans importance. Peut-être devrait-elle se contenter de regretter de n'avoir pas éteint son cellulaire. Cependant, c'est plus fort qu'elle : elle veut savoir. Entretenue dans l'inquiétude depuis si longtemps, elle craint les mauvaises nouvelles. Mais qu'est-ce que ça peut bien faire, une mauvaise nouvelle, dans des circonstances pareilles ? Voilà ce qu'elle aurait raison de se dire, et qu'elle ne se dit pas.

Il la voit chercher subitement dans son sac à main l'objet du délit. Il espère encore qu'elle ne fait cela que pour raccrocher, ou mettre en position silence. Il espère encore qu'elle va prolonger leur communion, cet ineffable qui n'appartient qu'à eux. Néanmoins, il lui faut se rendre à l'évidence : elle se saisit du portable et consulte l'écran. Une déception gigantesque le submerge.

Pour elle, c'est pire encore : la panique s'empare de tout son être. Car celui dont le nom s'affiche n'est autre que Vincent. Au reste, la panique est telle qu'elle se demande si elle doit décrocher ou non. Le temps de trouver une réponse, il est trop tard : la sonnerie cesse. Que lui veut son fils ? Il l'appelle si rarement et ils se sont vus il y a trois heures à peine. Quelque chose d'anormal est forcément advenu. Un accident, qui sait ? Ou bien Vincent est saisi d'un doute : elle lui a semblé bizarre tout à l'heure, à coup sûr, et, avec un effet retard, il prend conscience de cette bizarrerie, il a besoin d'en avoir le cœur net. Elle échafaude des hypothèses, là, le regard fixé sur le téléphone, stupide, déroutée, effrayée.

Elle a oublié l'homme assis à côté d'elle : en une seconde, il a cessé d'exister et lui ne peut que constater cela, son élimination, il est dans cette humiliation vertigineuse, éblouissante.

Laura attend. Elle attend de savoir si son fils lui a laissé un message, ou s'il va rappeler. Elle attend, incapable de déterminer si ce message ou ce nouveau coup de fil serait une solution ou une catastrophe. Ses idées sont brouillées. Elle met cette confusion sur le compte des derniers événements, le renouement avec le territoire heureux de l'enfance, la rencontre sur le ferry, la conversation. Et puis, le suicide. Bien sûr, le suicide. Tout ça.

Et, soudain, un signal la prévient que Vincent lui a bien laissé un message. On lui donne le choix d'en prendre connaissance ou non. Elle hésite. Après tout, c'est presque fini maintenant. Normalement. Si elle s'en tient à son plan. Ou si elle y revient. À quoi bon ? À quoi bon être ramenée à ce qu'elle a déjà quitté ? Pourquoi reprendre un fil qu'elle a elle-même brisé ? Et quel intérêt à s'infliger une ultime souffrance, puisqu'à n'en pas douter la voix de son fils dans l'écouteur lui causera une vive douleur ? Et si, par extraordinaire, ce n'est pas fini, si l'homme la maintient en vie, alors il ne faut pas davantage obéir à cette injonction, il faut couper avec la vie ordinaire.

Elle appuie sur la touche « oui » et porte le téléphone à son oreille.

S'adressant à Samuel, elle dit : « Je suis désolée. Je dois écouter. C'est mon fils. » Et lui, à ces seuls mots, il est crucifié.

Crucifié.

« Maman, c'est moi. Je suis devant ta porte. J'ai oublié un truc chez toi. Je pensais que tu serais là, alors j'ai pas pris mes clés. Merde, t'es où ? Et pourquoi tu réponds pas ? Bon, si tu entends ce message dans les cinq minutes, rappelle-moi, je t'attends. Après, je me casse. »

Ça. Juste ça. Rien. Pas d'accident, pas de drame. Pas de divination non plus, nulle fulgurance. Et même pas de tendresse. Un agacement, à la place. Pas disponible, la mère. Pas là quand on la siffle. Partie sans demander la permission. Partie alors qu'on a besoin d'elle, à quoi elle pense ? Depuis quand elle a des choses à faire, une vie à vivre ? Laura est accablée.

Et, juste après, elle sent une montée d'adrénaline. Car elle visualise la scène. Elle voit son fils sur le seuil de son appartement, devant la porte fermée. Et elle se rend compte que c'est seulement cette porte qui le sépare de la lettre d'adieu. S'il avait eu ses clés sur lui, il aurait ouvert cette porte, serait tombé sur la feuille griffonnée. Mais aurait-il compris ? Déchiffré le sens des mots ? Obscur quand on ignore le dénouement. Lumineux quand on le connaît. Non, si ça se trouve, il n'aurait rien compris. Il se serait dit : c'est quoi, ces griffonnages ? et puis, il serait passé à autre chose, aurait récupéré ce qu'il était venu chercher, et filé aussi sec. Elle voit son fils devant la porte fermée. Il s'impatiente et finalement s'en va, dévale l'escalier, court rejoindre ses amis, son monde. En espérant fêter la victoire.

Pour Laura, désormais, c'est très clair : le moment est venu de passer à l'acte.

Elle se lève précipitamment du banc, comme affolée. En réalité, elle n'est pas affolée : elle est décidée.

Elle pivote vers l'homme du ferry, dont elle se souvient à présent. Sans souci des bonnes manières, Samuel demeure assis. De fait, il est abattu, renvoyé dans les cordes, et résigné à la voir s'éloigner. Il sait que leur jonction n'a duré qu'une poignée de minutes, que la séparation s'est déjà effectuée, qu'il l'a perdue. Il songe à sa théorie des lignes : ils sont deux sinusoïdales. Il la contemple comme le ferait un spectateur au théâtre, dans la distance, l'impossibilité de l'atteindre. Il se demande s'il aurait pu la retenir, prolonger le miracle et la réponse est non. Il attend les mots de la fin.

Elle pourrait facilement lui mentir, lui dire : « On me réclame. C'est important. Ne le prenez pas contre vous. Peut-être qu'on se recroisera », des mots inventés sans peine, des explications fausses et qui auraient l'air vrai. Le coup de fil lui fournit une excuse indiscutable. Ce serait simple, propre. Il n'aurait pas de raison de lui en vouloir. Elle détalerait sans exiger son reste.

Mais elle ne ment pas. Ne réussit pas à mentir. Elle préfère encore le silence, parce que, dans le silence, on peut communier encore, et se comprendre, et se pardonner. Elle préfère le regard, parce que avec le regard, elle est capable d'avouer. Il y a de la misère dans ce regard-là. Tellement de misère.

Et Samuel accepte. Il n'a pas deviné ce qu'elle s'apprête à faire mais consent à la laisser partir, comme ça, sans motif. En revanche, il sait qu'il ne la reverra pas. N'a aucun doute à ce sujet. Il voudrait croire que ce n'est pas grave. Après tout, elle n'est qu'une inconnue (il ignore jusqu'à son nom), entrevue sur un bateau, avec qui il a échangé moins de dix phrases sur un banc, dans le soir pacifique. Cependant, il comprend que c'est grave. En guise d'adieu, il esquisse un nouveau sourire. Auquel elle répond, à nouveau.

Les cris de joie ont disparu. Le vent les aura emportés dans une autre direction. Ou bien ils ont cessé.

Après ? Après, Laura Parker s'éloigne. Marche sans faiblir le long de la jetée, s'approche de la barrière de rochers, la franchit, s'égratigne la jambe droite, se retrouve sur le morceau de plage, l'ancienne enclave aux clochards, et s'immobilise enfin. Le vent est frais, il rappelle que l'automne est arrivé, il cingle son visage. Devant elle, dans le lointain, des lumières tremblantes départagent la terre et la mer. Dans son dos, un bourdonnement, l'écho des postes de télévision où s'écrit l'Histoire. Elle sort le pistolet de son sac, laisse glisser le sac à ses pieds. Elle tourne et retourne l'arme entre ses mains, comme si elle voulait en admirer la beauté, la perfection. Elle se concentre sur la poignée, la glissière, le canon. Elle songe qu'en se concentrant ainsi sur les détails, elle ne sera pas assaillie par les souvenirs, par ces images que, paraît-il, on convoque à l'instant de mourir.

Samuel, quant à lui, est parvenu à l'embarcadère où un ferry attend ses passagers. Il se retourne vers le front de mer, vers le banc où tout à l'heure, il a parlé à l'inconnue, ne voit que le vide, l'obscurité, la disparition. Il monte à bord du bateau. Il est temps de rentrer.

Laura porte le canon à sa tempe.
Et puis, elle tire.

Il entend une détonation. Probablement un minuscule feu d'artifice. Pourtant, il ne détecte aucune fusée éclairante se dirigeant vers le ciel, aucune traînée incandescente, aucune explosion d'étoiles, aucun saule pleureur lumineux retombant en poudroiement dans le Pacifique. Il a dû se tromper.

Ce volume a été composé et mis en pages
par ÉTIANNE COMPOSITION
à Montrouge.

Impression réalisée par

CPI
BRODARD & TAUPIN

La Flèche

pour le compte des Éditions Julliard
en novembre 2011

N° d'édition : 52017/01 – N° d'impression : 66342
Dépôt légal : janvier 2012
Imprimé en France